ICHIEI ISHIBUMI

Kadokawa Fantastic Novels

彩頁、內文插圖／みやま零

惡魔高校D×D
祖先大人是搗蛋鬼？
DX.7

露妮雅絲・吉豪里
（第一代吉豪里）
英格薇爾德・
利維坦

目錄

——太、太隨便了！這是怎樣，這位第一代大人也太自由了吧！

Life.1 OPPAI・FAMILY

這是某天發生的事。

冥界的吉蒙里本家——也就是莉雅絲的老家發出命令，現任宗主的夫人以代理人身分表示「列名於吉蒙里眷屬者全體集合」。

這是來自現任宗主的代理人——莉雅絲的母親的命令。

來自吉蒙里本家的命令並不是那麼常有的事。我其實還挺常去莉雅絲的老家，私下已經叨擾過好幾次，不過這次是接到命令刻意返回。而且命令還說「列名於吉蒙里眷屬者全體集合」，所以莉雅絲的眷屬自然不在話下，我兵藤一誠名下的眷屬也算在裡面，既然是宗族根源的命令當然不能不去。

至於從莉雅絲算起第三代（升為上級惡魔，得到「惡魔棋子(evil piece)」）的潔諾薇亞與她的眷屬由於組成時日尚淺又有些特殊情況，所以只要身為「國王(king)」的潔諾薇亞到場即可。新人班妮雅和路卡爾這次也不需要參加。

至於不算是眷屬的轉生天使伊莉娜也說想去……我想應該沒問題吧。

符合條件的成員一起使用轉移型魔法陣傳送到吉蒙里城。

轉移過去時，由已經在那裡等我們的吉蒙里城執事帶路，來到熟悉的超大客廳。

在那裡等待我們的——是有著亞麻色頭髮以及長相與莉雅絲極為神似的年輕女子，也就是莉雅絲的母親維妮拉娜夫人。

她的身邊還有一名銀髮美女——葛瑞菲雅。她是莉雅絲的哥哥——魔王瑟傑克斯·路西法陛下的妻子。

……葛瑞菲雅平時都穿著女僕裝，今天卻是正式服裝。這表示今天不是女僕模式，而是莉雅絲的兄嫂模式吧。

「這麼快就來了啊，莉雅絲。還有各位。」

維妮拉娜夫人帶著笑容迎接我們。

「母親大人，這次的召集命令到底是為了什麼——」

就在莉雅絲想要詢問維妮拉娜夫人之時。

坐在客廳的沙發上——從我們的視線死角的位置有個身影站了起來。對方轉身面對我們，在我們面前現身。

站在那裡的——是有著一頭象徵吉蒙里家的紅髮的年輕女子。

她將紅髮在腦後綁成一束，呈現馬尾造型。長相……與莉雅絲有點像，不過眼角的位置有點偏低——屬於垂眼，表情很柔和。

不是這一家人的吉蒙里！這、這真是難得的會面！

馬尾女子的年紀大概二十歲上下吧。不、不過惡魔可以隨喜好改變外表，所以容貌身形完全無法用來判斷實際年齡就是了……

胸口！胸、胸部也好大！隔著禮服也看得出分量！

吉蒙里一族的女性都是巨乳嗎！原本以為莉雅絲的胸部之豐滿是遺傳自維妮拉娜夫人（來自巴力家），原來吉蒙里家原本就有巨乳血統啊！

——正當我為此感動不已時，身旁的莉雅絲則是……露出極為驚訝的表情——

「祖——」

抱住那名馬尾小姐！

「祖母大人！」

「哎呀——莉雅絲。長得這麼大了。」

如此說道的馬尾小姐與莉雅絲緊緊擁抱彼此。

…………祖、祖、祖祖祖祖祖祖祖祖祖祖祖、祖母大人————！

這、這、這名年輕的小姐，竟然是莉雅絲的奶奶嗎？

面對這個驚人的事實，我只能瞠目結舌。周遭的夥伴們也不由得大驚失色。

就連和莉雅絲認識很久的朱乃學姊也相當驚訝，所以朱乃學姊也是第一次見到莉雅絲的奶奶囉？

「照片我倒是看過……」

朱乃學姊看過奶奶的照片啊。

即使在分開之後，奶奶還是疼愛有加地摸摸莉雅絲的頭。簡直像在哄小孩——

莉雅絲難為情地說道：

「祖母大人真是的。我已經長大了。」

「呵呵呵，也對。已經是亭亭玉立的淑女了。」

莉雅絲的奶奶看向我們這些眷屬和相關人士，正式問候我們。

「貴安。初次見面，各位幸會。我是莉雅絲的祖母，也是上一代的吉蒙里家宗主——綺希絲·吉蒙里。今後大家就認得我了。呵呵呵。」

綺希絲·吉蒙里大人！上一代的吉蒙里家宗主大人！哎呀——吉蒙里家的女性都是（胸部很大的）美女和美少女，真是太棒了！

莉雅絲詢問她的祖母綺希絲大人：

「祖母大人，您會來到這座城裡……該不會是出了什麼事吧？」

因為這次召集是本家發出的命令，所以莉雅絲才這麼問吧。可見奶奶來到這座城裡是多麼稀奇的一件事。

站在我身旁的朱乃學姊悄悄對我耳語。

（我很久以前曾經聽說，綺希絲・吉蒙里大人在離開宗主之位後，基本上都是採取不過問吉蒙里本家事務的立場。所以就連正式的宴會和活動也很少露面。）

這、這樣啊。大概是因為宗主時代太過繁忙，所以打算徹底隱居吧。也正因為如此，我們才沒有機會和她見面，直到今天才第一次見到吧——

綺希絲大人露出微笑。

「呵呵呵。其實我也是奉命前來的。不過心想差不多該來見見孫女和曾孫，還有莉雅絲的眷屬們，給你們一點零用錢了，所以時機正好。還可以見兒子吉歐提克斯一面。」

綺希絲大人也是奉命前來……？——既然如此，就表示有個身分比綺希絲大人更高的人發出這次的召集令嗎……？

綺希絲大人看向孫女莉雅絲、曾孫米利凱斯，以及我們優雅說道：

「莉雅絲、米利凱斯、莉雅絲的眷屬們，你們想要什麼零用錢？新的城堡？還是金塊、寶石之類的比較務實呢？」

完全就是超級有錢人的發言！這種感覺就像我和莉雅絲的雙親交流當時那樣！對於貴族而言，城堡是可以這麼隨便送人的東西嗎！

「婆婆大人，近來那種禮物反而會讓收到的人傷腦筋呢。」

——維妮拉娜夫人如此表示。

由於我們也為此困惑不已，所以這句話及時救了我們！

「哎呀，是這樣嗎？真不好意思。我對人類世界以及最近的冥界風氣並不是很熟悉……呵呵呵。」

綺希絲大人一邊微笑一邊開口。

我忽然覺得有點好奇，便問了一下米利凱斯。

「對於米利凱斯——呃……這位是『曾祖母大人』對吧。你見過這位曾祖母大人嗎？」

「見過。我曾經去曾祖母大人的城堡問候過一次。」

米利凱斯如此回答。喔，這樣啊。在懂事之後已經去打過招呼了吧。

忽然間，綺希絲大人的視線——在我身上停了下來。

「我知道你。你是『胸部龍』小弟對吧？同時也是莉雅絲未來的夫婿。」

——！果、果然知道嗎！我和莉雅絲的關係在冥界已經是眾所周知，而且「乳龍帝胸部龍」以惡魔世界為首，也在各個超自然世界掀起一陣熱潮……

我頓時抬頭挺胸，立正站好！

「是、是的！幸會，前宗主大人！我是莉雅絲……大人的眷屬，現在是上級……不對，已經是特級惡魔了！名叫兵藤一誠！還、還有！我和莉雅絲……大人已經訂下婚約！請、請多多指教！」

我深深一鞠躬！那當然了！對方可是莉雅絲的奶奶！是今後勢必會有所往來的家人！這種時候當然要好好打招呼！不、不過大概是因為最近我的地位不斷變化，突然要自我介紹的時候，就會像這樣動不動改口……

綺希絲大人回應道：

「其實之前原本有機會和胸部龍小弟見面呢。還記得莉雅絲和菲尼克斯家的人訂婚時舉辦了一場發表宴會嗎？那次我原本也要參加，只是過去的時間晚了些，抵達時莉雅絲已經和胸部龍小弟私奔了。」

啊──我和萊薩大戰一場那個時候！私、私奔是吧……也、也對，現在回想起來，打贏之後就和莉雅絲一起溜出會場確實很像私奔。

呵呵呵──面帶微笑的綺希絲大人繼續說下去：

「真想親眼目睹賭上莉雅絲的重頭戲。」

「哎呀──哈哈哈……不敢當。真是不好意思。」

我紅著臉苦笑，身旁的莉雅絲同樣也是面紅耳赤。另外身為菲尼克斯家當事人之一的蕾維兒也羞紅了臉。

當時我是因為無知才會一頭熱地只想盡全力搶回自己的主人莉雅絲。推動我的也是「管他什麼貴族社會」的想法……

其中固然有令人難為情的部分，但是我一點也不後悔。因為我能擁有現在，也是當時行動的結果——

莉雅絲正式對她的祖母說道：

「下次我再和一誠一起前往祖母大人和祖父大人居住的城堡，向兩位請安。」

「好啊。我很期待。」

綺希絲大人露出笑容。

我也活力十足地在莉雅絲之後表示：「我很樂意拜訪！」

莉雅絲靠到我的身邊，對我輕聲低語。

（……對不起。我沒有告訴你要去向祖母大人他們打招呼這件事。）

（不不不，我也是聽妳這麼說才發現……這麼說來確實應該這麼做。）

聽到我的回答，莉雅絲只是苦笑以對。

（不是的。未來宗主在訂婚之後的報告對象可不是只有祖母大人和祖父大人而已。我們還要去向曾祖母大人請安。另外更高的輩分也有還在世的祖先大人，都得依序報告才行……這是上級惡魔家的宗主訂婚時的習慣。俗稱「拜訪列祖列宗」。畢竟惡魔就是這麼長壽。）

——…………我無言以對！原來是這樣啊！不過說得也是。惡魔那麼長命，前面幾代還活著也是理所當然的事，所以貴族家宗主訂婚時該去打招呼的人自然也會隨之增加！

莉雅絲四處看了看，好像在找什麼人。

「父親大人呢？」

的確不見吉蒙里家的現任宗主，莉雅絲爸爸的蹤影。

維妮娜拉夫人回答：

「那個人正好去其他上級惡魔的領地出差，所以這次召集令是由我代為發布。我也向他報告過這件事，所以等那邊的工作結束之後應該就會立刻回來了吧。」

原來是這樣。所以這次的召集令才會由莉雅絲的媽媽以現任宗主代理人的身分發布吧。

綺希絲大人對此有所反應，嘆了一口氣。

「……能不能快點回來啊。」

哎呀呀，對於遲遲未歸的現任宗主，前任宗主大人有意見嗎？

葛瑞菲雅對著大家說道：

「原則上現在來得了的人都已經到齊，我們走吧。」

在還不知道召集令真正意義的狀態下，我們便開始在城堡裡移動——

我們被帶往的地方，是現任宗主——也就是莉雅絲的爸爸平常使用的辦公室。

當然了，莉雅絲的爸爸出差還沒回來，所以主人應該不在辦公室裡面……

我們進入辦公室內，裡面相當寬廣。除了宗主的大書桌和椅子，用來接待貴賓的沙發和茶几的質感與外型也相當高貴。

還有好幾個收納文件的書架。除了書架以外還有大型展示櫃，用來擺飾吉蒙里家歷代得到的許多獎牌。

牆壁裝飾著許多浮雕，上面刻著似乎是從惡魔世界的遠古時代流傳至今的奇妙文字以及圖樣。

仔細一看，擺放獎牌的展示櫃上還有幾個看似家族合照的相框。其中也有莉雅絲幼年時期的可愛照片。

話說回來，打從踏進這間辦公室起，我就一直感覺到有人……不對，是有個疑似惡魔的氣息在裡面……

畢竟我們都是身經百戰的強者，所有人的視線——都集中到背對我們的宗主座椅上。

這時椅子轉了一圈，坐在上面的人出現在我們面前。

「這個東西真厲害。這麼小一塊板子，裡面居然有書有畫也有桌遊。」

熟悉的學生服隨著這句話現身——那是身穿駒王學園高中部制服的超級美少女！而且還搭配膝上襪！

少女有著眼角上揚的雙眼，紅色長髮綁成披肩雙馬尾，頭上還戴著看似小型王冠的髮飾！手上拿著平板電腦。看樣子她剛才是一邊操作平板一邊開口。

年紀看起來和我一樣，或是比我小！紅、紅髮！是吉蒙里家相關人士嗎！不知道是否該說果不其然，還是該說安心安全，她也很有吉蒙里家女性的特色，胸部相當大！謝天謝地！真是太好了！

看來她應該是吉蒙里家的人……只是長相和莉雅絲還有綺希絲大人不是很像，頂多只是五官輪廓有點神似。不、不過肯定也是極品美少女！

眼神看起來有點強勢，和溫柔的莉雅絲正好相反，但是這樣也有獨特的魅力……好像也挺讓人無法招架！

……只是這個女孩子散發難以形容的氛圍，籠罩全身上下的氣場有種令人莫名感到懷念的奇妙感覺。

綺希絲大人站到少女身旁，鞠個躬之後為我們介紹。

「這位正是吉蒙里家之祖，亦即原點——」

少女在椅子上換翹另一隻腳，優雅地說出自己的名字。

「我是第一代吉蒙里，露妮雅絲．吉蒙里。請多多關照♪」

…………………………

…………咦？吉蒙里家之祖！第、第、第第第第、第一代吉蒙里────！

事情來得太過突然，所有人都顯得十分驚訝！那、那當然了！突然有個和自己年紀相仿的紅髮少女坐在現任宗主的辦公室裡，然後一邊滑平板一邊說「我是第一代吉蒙里」，誰能不驚訝！

身為繼任宗主的莉雅絲同樣也是驚嚇過度，頓時說不出話來。

在驚訝之餘第一個開口的人是潔諾薇亞。

「這個人就是記載於傳承中的『吉蒙里』本尊啊。」

如同潔諾薇亞所說，人類世界的書中所有關於惡魔「吉蒙里」的記述，原點都是指這位大人。

我們都因為「第一代」吉蒙里──露妮雅絲．吉蒙里大人突然登場而為之驚訝，而其中最為震驚的人就屬莉雅絲。

「莉雅絲，妳怎麼一副超級驚訝的樣子？」

聽到我的問題，莉雅絲先是緩了一下呼吸才回答：

「……那是當然。沒有人告訴過我身為始祖的第一代大人仍安然在世。」

真的假的。就連身為繼任宗主的莉雅絲都不知道第一代大人的生死啊。

變成惡魔之後，我確實見過許多重量級的惡魔和神祇，還有傳說中的魔物，但我也是現在才知道第一代的惡魔吉蒙里還活著……

第一代大人，也就是露妮雅絲．吉蒙里大人苦笑說道：

「也對。冥界普遍認為我是生死不明的『第一代』之一嘛。其實，我是因為如果公布自己的存在，可能會像哪個『第一代』巴力一樣被捲進各種麻煩當中，所以才決定保持生死不明的狀態。我想這麼做的始祖惡魔應該不少……在三大勢力的戰爭當中滅亡的『第一代』惡魔也不是沒有，但我順利撐過那個時期活下來了。」

第一代大人拋個可愛的媚眼如此說道。

原本看長相還覺得個性應該很強勢，沒想到表情無時無刻不在變化……第一代大人真是太可愛了！

第一代大人起身並接著說下去：

「以我的狀況來說，因為不希望精神老化，所以進入類似冬眠的長期睡眠——然後會定期醒來。這次剛好是在這個時機醒來這樣。不過這並非惡魔特有的『睡眠病』，所以可別誤會了。」

喔，是這樣啊。原來有這種理由……惡魔近乎永生，所以活得越久好像就越容易碰上各種問題，第一代大人是為了避免那些才主動沉眠吧。

然後這次出現在這裡，是因為剛好碰上從長期睡眠之中醒來的時機……所以我們才被叫來這裡嗎？

不知道我在思考這種事的莉雅絲詢問第一代大人：

「我、我可以請教您一件事嗎？」

「好啊，當然可以。」

「您那身穿著究竟……？」

莉雅絲似乎相當在意第一代大人的穿著——駒王學園高中部的制服。我們當然也頗為在意，所以有不少人跟著點頭。

第一代大人原地轉了一圈回答：

「啊啊，這個？這是吉歐提克斯的女兒……也就是身為繼任宗主的妳原本就讀的學校制服吧。我很喜歡這個設計所以就拿來穿了。我穿起來好看嗎？」

第一代大人一邊晃動不算長的裙襬一邊這麼說。

配上膝上襪，那個絕對領域堪稱美景！在莉雅絲從高中部畢業之後就沒見過紅髮美少女穿制服的模樣了，讓我興奮不已！

面對身為下一代吉蒙里的莉雅絲，第一代大人偏頭說道：

「呃——話說回來，我的子孫莉雅絲的地盤所在的國家……是那個叫江戶的國家嗎？」

「第一代大人，那裡現在叫日本。另外江戶是都市名。」

站於第一代大人身旁的綺希絲大人如此回答。

第一代大人不以為意地說了下去：

「喔，這樣啊。還有我碰巧聽到妳打倒了大陸的……我想起來了，是魏國！妳打倒了那裡的曹操吧？記得好像和《魏志倭人傳》這本書有關……」

維妮拉娜夫人立刻帶著苦笑回答：

「第一代大人，莉雅絲他們是和那位曹操的後代戰鬥。您對亞洲歷史的認知似乎已經是很久以前的資訊了。」

「誰教人類世界一下子就改朝換代。看來我得用那個叫『平板電腦』的板子多學習一下現代知識才行。」

第一代大人的發言相當積極進取。

……是不是因為活得太久，人類世界的時代全都混在一起啊。

——這時第一代大人看向身為天使的伊莉娜。

「不過對於最近發生的歷史大事，我多少還是知道一些。」

——……看來第一代大人對於三大勢力和談以及最近發生的種種事件、戰鬥有所認知。

否則睡了很久剛醒來的惡魔看見原本是敵人的天使，應該會進入備戰狀態才對。

經過這樣的對話之後，莉雅絲開口切入正題。

「所以要我們在這裡集合的理由是……？」

綺希絲大人代替第一代大人開口：

「也對，身為繼任宗主的莉雅絲也應該要知道。既然第一代大人醒來，身為子孫的我們必須遵照遠古的約定——」

就在綺希絲大人如此表示之時。

忽然有人打開辦公室的門。出現在門口的是——一名紅髮紳士，也就是現任宗主，莉雅絲的爸爸。

「嗯——維妮拉娜交代我過來這裡，究竟是怎麼——」

莉雅絲的爸爸一邊開口一邊走了進來，第一代吉蒙里大人與母親綺希絲大人馬上映入他的眼中。

「這！第一代大人！還有母親大人！」

就在這個瞬間，剛看見自己的兒子吉歐提克斯大人，綺希絲大人突然就像變了一個人，發出甜膩的聲音，整個人扭扭捏捏了起來！

「哎呀——小吉歐！」

綺希絲大人摟住自己的兒子吉歐提克斯大人。

接著抬頭看著兒子，挺起身子摸摸他的頭。

「小吉歐，你是不是又長高了？呵呵呵，小吉歐的鬍子真是迷人～」

——小吉歐？怎麼會這樣！綺希絲大人完全進入傻媽媽模式了！

這讓莉雅絲的爸爸滿臉通紅，把綺希絲大人從自己身上拉開。

乾咳了幾聲之後，莉雅絲的爸爸說道：

「母、母親大人……女兒他們都在看。請、請您收斂一點。」

「哎呀——像以前那樣叫我『媽咪大人』不好嗎？」

綺希絲大人根本是心裡只有兒子的媽媽！莉雅絲的爸爸平常那麼紳士，現在卻是手足無措到我們這些莉雅絲的系譜眷屬不曾見過的地步。他以前是稱呼母親「媽咪大人」嗎！

我悄悄詢問莉雅絲的媽媽維妮拉娜夫人：

「…………請、請問，前任宗主綺希絲大人該不會……」

莉雅絲的媽媽面帶苦笑回答：

「……是啊，她到現在都還是像那樣疼愛吉歐提克斯。」

……哈哈哈，看來對媽媽來說，無論過了多久兒子都還是兒子呢。畢竟吉蒙里一族的特性是深情，這也是很正常的。莉雅絲的爸爸也非常溺愛女兒。

經過莉雅絲的爸爸來到這裡之後的一連串互動，這次我們聚集到吉蒙里城的理由終於要揭曉了。

面對前任宗主、現任宗主、繼任宗主以及各自的系譜眷屬，第一代吉蒙里大人，也就是露妮雅絲．吉蒙里大人大方宣布：

「我醒來的時候，那個時代的吉蒙里本家成員必須取悅我，這是打從遠古時代定下來的規定。」

『——！』

這讓以我和莉雅絲為首的年輕一輩大吃一驚！原、原來有這種約定！

綺希絲大人站在第一代大人身旁為我們補充說明：

「換句話說，當代的宗主小吉歐，以及新生代的莉雅絲還有米利凱斯就是這次符合條件的人。簡單說來就是希望你們幾個人可以陪第一代大人玩得盡興。」

莉雅絲的爸爸摸著下巴說聲「說起來是有這麼回事」並接受這件事……然而身為繼任宗主的莉雅絲卻表示困惑。

「怎、怎麼這樣！這麼突然嗎？」

帶著燦爛的可愛微笑，第一代大人點了點頭。

「沒錯，就是這、麼、突、然♪約定就是約定。不過就是要突然才好玩。」

在大受衝擊的莉雅絲身旁，再下一代的宗主人選米利凱斯則是——

「我明白了！我會好好取悅第一代大人的！」

活力十足地舉手接受這件事。聽見這個回應，他的母親葛瑞菲雅也感動表示：「說得太好了。不愧是瑟傑克斯的孩子。」

年紀比自己小的米利凱斯都接受了，這讓莉雅絲更加難以拒絕。

再加上身為繼任宗主的尊嚴，於是吞下口水，露出堅定的眼神。

「……我知道了。身為吉蒙里家的繼任宗主，我會將最棒的盛宴獻給第一代大人！」

確認孫子和女兒的意願之後，身為現任宗主的莉雅絲的爸爸點了點頭。

「我也來盡一份心力吧。露妮雅絲・吉蒙里大人，敬請期待您的甦醒慶典。」

聽見後代的發言，第一代吉蒙里露妮雅絲・吉蒙里大人開心地微微一笑。

「呵呵呵，那我可要盡情享受一下。該給的獎賞自然少不了，你們可以好好期待♪」

於是莉雅絲的爸爸、莉雅絲、米利凱斯的挑戰就此開始——

……事、事情來得非常突然，但是我和夥伴們都打算支援莉雅絲。

那麼接下來會如何發展呢？

—○●○—

「……嗯——該做些什麼來取悅第一代大人才好呢……」

苦惱的莉雅絲爸爸雙手抱胸，不住沉思。

在第一代大人和莉雅絲的奶奶——綺希絲大人離開之後，吉蒙里家相關人士在城堡的客廳集合，召開宴會的作戰會議。

莉雅絲詢問自己的爸爸：

「之前醒來的時候，父親大人也參與過這個約定嗎？」

「……在我還小的時候應該遇過，無奈時間已經過得太久，實在想不太起來當時做了什麼。畢竟那時候的我比現在的米利凱斯還小……不過我記得有三道題目，要抽籤解決其中一項……再來只記得當時第一代大人也是在出乎意料的時候醒來。」

這、這樣啊。莉雅絲的爸爸也在比米利凱斯還小時參加過甦醒宴會吧。

莉雅絲的媽媽維妮拉娜夫人托著下巴說道：

「聽說清醒的週期很隨機……」

莉雅絲的爸爸接著說下去：

「在我的記憶裡，第一代大人清醒過兩次。一次是我小時候，一次是惡魔世界發生內戰之時。」

「內戰是指前魔王政府軍和反政府軍打起來的時代嗎？」

面對莉雅絲的問題，莉雅絲的爸爸點頭回應：

「嗯。當時第一代大人看起來很睏，但是再怎麼說都是左右惡魔世界命運的大事，所以我們請大人一直保持清醒到戰爭結束。那個時候吉蒙里家的事情已經完全交給我們了。」

莉雅絲的爸爸露出微笑，看向我們這些列名於吉蒙里家之下的人。

「一直到現在都沒有告訴大家第一代大人還安好，真的對大家很過意不去。不過第一代大人雖然喜歡惡作劇，卻不是什麼凶神惡煞。大人對後代抱有很深厚的感情，畢竟她可是吉蒙里家之祖……對了，用一句話來形容的話，可以說是有著小惡魔個性的祖先大人。」

嗯，莉雅絲的爸爸說得沒錯，我感覺不到任何一絲危險的氣息。甚至覺得氣場當中有種懷念的感覺。現在回想起來，那種奇妙的懷念感應該是因為我是吉蒙里眷屬的緣故吧？

「所以父親大人，那三道題目是什麼？」

莉雅絲如此問道。既然要參加，題目確實令人好奇。

「有『歌唱』、『舞蹈』、『戲劇』三項。參加者必須演出其中一項……嗯，這麼說來我好像隱約回想起小時候在第一代大人面前唱歌的記憶了。」

——「歌唱」、「舞蹈」、「戲劇」！

確實是很適合在宴會上表演的項目。所以現任當家陣營的吉蒙里成員要在第一代吉蒙里大人面前表演這些吧。

莉雅絲的爸爸說完這句話便站了起來，氣勢十足地對莉雅絲的媽媽說聲：

「既然如此，能讓第一代大人盡情享樂正是身為吉蒙里家之後的榮譽。祖先代代流傳下來的活動不能在我們這一代式微──我要立刻開始著手準備宴會。維妮拉娜，助我一臂之力。」

「好的，親愛的。」

至於葛瑞菲雅也開啟母親模式跟進。

「米利凱斯。為了不負吉蒙里之名，現在就要開始特訓。你可以吧？」

「是！」

母親的命令雖然嚴格，米利凱斯的回答依然活力十足。

在我們這些眷屬與夥伴的守候下，莉雅絲也用力站了起來，對著朱乃學姊說道：

「朱乃，我想上『歌唱』和『舞蹈』的課程。幫我找來適合的講師。還有關於『戲劇』的部分，也幫我聯絡平常合作的『胸部龍』英雄秀的表演指導。」

「我知道了。」

莉雅絲已經進入備戰狀態！既然確定參加，就要以最佳狀態上陣，這才是她的作風。

我也對眷屬和夥伴們說聲：

「我們就在一旁支援莉雅絲吧。」

『嗯嗯。』

大家也點頭回應。

於是吉蒙里現任宗主陣營開始練習——

幾天後——

設宴款待第一代大人的日子到了。

招待第一代吉蒙里大人的宴會，選在吉蒙里城內專門舉行特別活動的宴會廳舉辦。

寬廣的會場裡已經備妥高一階的舞台，必要的道具和器材也都設置齊全。

聚集在這裡的成員，吉蒙里家有莉雅絲、莉雅絲的雙親、莉雅絲的奶奶綺希絲大人、葛瑞菲雅和米利凱斯。另外就是我們這些吉蒙里系譜眷屬以及特別來賓（？）伊莉娜。

所有人都已經到齊，只等今天的主角——這時一個轉移型魔法陣於會場中央展開。有著吉蒙里紋飾的魔法陣發出耀眼的閃光之後，傳送者從中現身。

那是——背上有四個駝峰的駱駝，以及頭戴王冠騎在駱駝背上的第一代吉蒙里，露妮雅絲・吉蒙里大人。

說是騎駱駝，其實只是坐在上面。

果然還是像先前一樣穿著駒王學園的制服。

第一代大人一邊說聲：「不必多禮。我說說的。」一邊拋媚眼。

下了駱駝的大人如此表示：

「說到吉蒙里，當然就是駱駝了。現身時要騎著駱駝大方展現可愛的模樣，這可是吉蒙里之女的鐵則——這個鐵則是第一代吉蒙里剛才制定的。」

——居然是剛才制定的喔！

我忍不住在心中吐槽……至於當事人則是向大家介紹駱駝。

「這隻是瀕危的稀有冥界駱駝——」

『各位幸會。我是冥界四峰駝，名叫大嘴。』

長有四個駝峰的駱駝突然開口說話，讓大家都驚訝不已——

「說、說話了——！」

甚至有人驚叫出聲。至少我大叫了！駱駝會說話耶！而且還是瀕危物種？……吉蒙里領常見的那種背上有三個駝峰的「冥界三峰駝」我倒是知道……

至於身為吉蒙里家繼任宗主卻非常怕駱駝的莉雅絲——

「……駱駝說話了……簡直是惡夢……」

顯得大受打擊，整個人搖搖晃晃。

第一代大人沒有多加理會，繼續介紹那隻會說話的駱駝。

「冥界四峰駝和吉蒙里領的冥界三峰駝不同，是會說話的。」

『今後還請多多關照。』

那隻駱駝還會打招呼！

儘管有了這樣的介紹，既然身為主角的第一代吉蒙里大人已到，宴會便就此開始。

引導第一代大人來到看得見舞台的豪華桌椅旁，她便優雅地坐在主賓位上。葛瑞菲雅立刻將豪華的料理以及看起來很昂貴的紅酒端上桌。

確認餐點上桌之後，第一代大人在手上變出小型魔法陣，從中出現兩個抽籤用的箱子。

露出晶亮的期待眼神，第一代大人宣布：

「那麼就要開始嘍。大家準備好了吧？事不宜遲，先決定順序吧。」

如此說道的第一代大人把手伸進箱子裡，在裡面攪和一陣之後一張一張抽出籤紙。

於是順序就此決定。第一位是——莉雅絲的爸爸，一開始就是現任宗主。接著是米利凱斯。莉雅絲竟然成了壓軸。

決定先後順序後，終於要進入正題。從另一個箱子抽出輪到的人要表演的題目。

「那麼，吉歐提克斯是——」

看起來相當開心的第一代大人把手伸進箱子裡抽籤。題目有三道。「歌唱」、「舞蹈」、「戲劇」。那麼現任宗主要表演的是——

首先抽出來的籤——上面寫的是「舞蹈」！

「原來如此，舞蹈是吧。很好。」

確認自己的表演項目之後，莉雅絲的爸爸立刻走向後台。

大家滿心期待地等了大概五分鐘——會場的照明忽然變暗，舞台上的燈光隨之亮起。

在此同時——輕快的背景音樂響起，舞台上出現一個看似Q版駱駝的「吉祥物」布偶裝！那個是——吉蒙里領的「吉祥物」，也就是「格莫莫」！

莫、莫非——

配合輕快的音樂，駱駝布偶裝展現俐落的舞步！

『格莫格莫格莫格莫——！』

——布偶裝如此大叫。

維妮拉娜夫人帶著苦笑表示：

「裡面是吉歐提克斯。」

果、果然！他之前也穿過「格莫莫」！吉蒙里家的現任宗主大人居然穿起布偶裝表演舞蹈！而且還跳得十分起勁！

這讓身為女兒的莉雅絲不禁垂下肩膀，看起來渾身乏力……不過另一方面也有人看得很興奮。那就是綺希絲大人。

「唉唷！呀啊——！小吉歐！」

她的手裡拿著貼有莉雅絲爸爸大頭照的團扇還有螢光棒，看著心愛的兒子為之瘋狂。

綺希絲大人甚至掩著嘴巴——

「……不行。小吉歐太尊了。好難受……」

眼眶泛淚的模樣，看來是因為兒子的精彩表演（？）感動不已！寵兒子寵成這樣也太誇張了吧，莉雅絲的奶奶！

葛瑞菲雅對米利凱斯說聲：

「好好看著——宗主就是要連這種事也做到萬無一失。」

「是！」

葛瑞菲雅和米利凱斯一本正經地看著這一幕……我覺得這會造成不良影響吧。

就在台下上演這種戲碼的同時，台上的舞蹈依然繼續。

「呵呵呵，小吉歐，好個宗主舞步。」

身為主賓的第一代大人似乎對現任宗主大人的舞蹈相當滿意。

現任宗主大人扮駱駝跳舞的表演結束了，輪到下一個題目。第二棒是米利凱斯。

我以眼角餘光確認略顯緊張的米利凱斯，同時注視第一代大人的籤。

抽出來的籤──上面寫著「歌唱」！

「我知道了！」

米利凱斯振作氣勢前往後台。不久之後會場再次變暗，聚光燈打在舞台上。

大家掌聲歡迎從舞台側邊登場的米利凱斯站到舞台的正中央，會場接著響起我不曾聽過的音樂。

「這是吉蒙里自古相傳的民謠。」

莉雅絲的媽媽如此說明。

喔喔，是吉蒙里的民謠啊。

「──♪──♪」

應該是今天的參加者當中年紀最小的米利凱斯，展現出美妙的歌聲。

──……唱得很棒嘛，米利凱斯。

這讓大家都頗為感動，心曠神怡地傾聽歌聲。第一代大人也露出憐惜不已的表情，聽著年輕後代唱歌。

「嗚、嗚嗚……」

──因為聽見某人的哭聲，移動視線發現是葛瑞菲雅正在流淚。看著兒子的精彩表現，讓她不禁為之感動吧。

而且手上還拿著小型攝影機，拍攝米利凱斯的模樣。果然身為媽媽總是會想記錄孩子的精彩模樣嘛。

「真想讓瑟傑克斯陛下也看看這一幕。」

莉雅絲的母親說聲：「是啊，真的。」同意我的說法。

在米利凱斯繼續唱歌之時，有個人露出氣定神閒的表情——正是莉雅絲。

接下來輪到莉雅絲，而剩下的題目——只有「戲劇」了。其實莉雅絲在「戲劇」這個項目準備得特別賣力。之所以會這樣，是因為她在「乳龍帝胸部龍」的英雄秀當中演出「開關公主」一角，一開始略嫌僵硬的演技也逐漸成長，現在成了一個合格的演員。

關於這次宴會的項目，她也在惡魔的工作與學業之餘找空檔練習，在不算長的準備期間裡完成「舞蹈」、「歌唱」、「戲劇」的課程。尤其是「戲劇」課程堪稱完美。

因此最後剩下「戲劇」這個項目，讓她顯得自信十足。

米利凱斯的歌唱表演結束，便輪到壓軸的莉雅絲上台。除了莉雅絲之外，朱乃學姊和蕾維兒等人也將以演員的身分參加「戲劇」表演。她們也陪同莉雅絲上了好幾堂課。

莉雅絲說聲：

「朱乃，戲劇表演準備好了吧？」

「好了，隨時可以開始。」

在這樣的對話當中，第一代大人抽出最後一張籤。

第一代大人為莉雅絲抽出的項目——

沒想到上面竟然寫著「才藝表演」——這真是出乎意料的項目！

這讓原本充滿自信的莉雅絲也僵在原地。

「…………………」

隔了一拍之後露出前所未見的驚慌表情。

接著放聲大叫：

「才、才藝表演——————！」

聽見她的吶喊，（穿著駱駝布偶裝但是拿下頭套的）莉雅絲爸爸詢問第一代大人：

「嗯？過去有這個項目嗎？」

第一代吉蒙里——露妮雅絲・吉蒙里大人露出惡作劇的笑容表示：

「呵呵呵，這是我新加的。這方面也得與時俱進才行♪」

竟有此事！還有這樣的喔！

看那個惡作劇的微笑，她是故意的吧！原來如此！原來這就是小惡魔美少女第一代吉蒙里大人！

第一代大人的補充說明切斷莉雅絲的退路。

「不能是普通的才藝表演喔。要開心一點的。這種宴會還是搞笑才藝最合適。」

太強人所難了吧！竟然要莉雅絲表演搞笑才藝！

莉雅絲詢問第一代大人：

「毀、毀滅魔力——」

「那是巴力家的特性吧。」

「那麼，我和加斯帕的合體技——」

「那招好笑嗎？」

「我喜歡的日本傳統藝能——」

「那算是妳的個人特色嗎？」

「…………！」

第一代大人一一否決莉雅絲的特技。莉雅絲不禁無言以對。

儘管大受打擊，莉雅絲還是低頭沉思了幾十秒——之後帶著下定決心的表情（眼眶泛淚）面對自己的表演。

這時莉雅絲問我：

「一誠。你願意助我一臂之力嗎……？」

看著她不顧一切的表情，我也察覺她的決心、意圖。

——……看來，她已經有所覺悟，為了保住繼任宗主的尊嚴捨棄一切了。

「嗯。有什麼需要儘管吩咐。我和妳在同一陣線。」

我點頭回應。

我和莉雅絲心意相通，一起前往後台——

會場暗了下來，聚光燈打在舞台上。出現在聚光燈底下的是禁手化(balance break)之後穿上紅色鎧甲的我，以及身穿禮服的莉雅絲。

莉雅絲喊道：

「一誠！要開始嘍！」

「好！」

見我做出回應之後，莉雅絲——讓形同吉蒙里家女性象徵的豐滿乳房發出光芒，朝我射出光束，展現補充能量的招式！接著以此為開端——

「一誠！戳我的胸部！」

「交給我吧！」

我戳了莉雅絲的乳房，展現出氣焰因此暴漲的模樣。

「一誠！透過我的胸部和朱乃的胸部通話！」

「遵命！『乳語電話（pai-phone）』！」

我以莉雅絲的胸部為中心表演才藝……或者該說是近乎才藝的招式。

「啊哈哈哈哈。了不起！我的後代是怎麼了！」

看著身為自己的子孫又是吉蒙里家繼任宗主的莉雅絲……從胸部施展出來的現象，第一代吉蒙里大人捧腹大笑，連眼淚都流出來了。

……總覺得這好像也是我的才藝……？儘管這個疑問飄過我的腦海……我還是得認真面對莉雅絲的決心才行。而且第一代大人好像也非常滿意。

就是這樣，莉雅絲的爸爸、米利凱斯、莉雅絲三位吉蒙里成員各自表演各具特色的演出。指定的才藝表演結束，接著是餐會兼反省會。

宴會結束之後，第一代吉蒙里露妮雅絲．吉蒙里大人叫了負責才藝的莉雅絲爸爸、米利凱斯、莉雅絲來到她的面前。

「我很開心。這是給你們的獎賞。」

如此說道的第一代大人打了一個響指，轉移型魔法陣隨之展開，從中出現——三隻四峰駱駝！

是剛才向我們打招呼的那種會說話的瀕臨絕種駱駝！

讓三隻冥界四峰駝列隊之後，第一代大人帶著笑容說道：

「就給你們一人一隻吧。說到吉蒙里，當然就是駱駝了♪」

大人拋了一個可愛的媚眼，將瀕臨絕種的駱駝當成獎賞。

之前那隻駱駝——大嘴對著莉雅絲開口：

『那麼今後還請多多指教，繼任宗主大人。』

這下子害怕駱駝的莉雅絲——

「……簡直是惡夢……」

就這麼失去意識，當場倒下！

看見這一幕，第一代吉蒙里大人在苦笑之餘，也不忘嚴格地告誡她：「妳得好好習慣駱駝才行。」

第一代吉蒙里——露妮雅絲・吉蒙里大人望著我們大家開口：

「我還會醒著一陣子，之後也要請大家多多指教了♪」

如此這般，我們和第一代惡魔吉蒙里——露妮雅絲・吉蒙里大人開始有了交流。

……不知道下次會有多難搞的要求固然讓我提心吊膽……不過可愛就沒問題！應該吧？

在兵藤家

「我回來了——
今天大家都有事出門，沒人在吧。」

「歡迎回來，一誠。」

「咦咦咦咦！
第一代大人怎麼會在我家？」

「我想參觀一下吉蒙里家繼任宗主
過著怎樣的生活，所以前來叨擾。
突然跑來真是不好意思。」

「話雖如此，大人倒是顯得很自在。
已經躺在沙發上吃點心……
不，這倒是無所謂。」

「吶，一誠。難得有這個機會，
可以多告訴我一些莉雅絲的事嗎？
有很多地方都讓我很好奇。」

「這個嘛……我知道了。那麼我稍微說
一些莉雅絲和我的夥伴們的事好了。」

「要說些有趣的事喔？我很期待。」

（感覺壓力超大的！）

Life.2 討厭駱駝的吉蒙里

「……糟糕透頂。」

我和愛西亞她們教會三人組買完東西回來之後，發現社長臉色蒼白，以虛弱的聲音說了這麼一句──而且還窩在我房間的角落。

社長抱腿縮成一團坐在角落的模樣讓我不禁覺得有點可愛。

「……怎麼了嗎？」

我戰戰兢兢地發問──結果社長一看見我，就撲進我的懷裡！

「一誠！救我！」

甚至對我說出這種話！這、這是怎樣……？

眼淚在眼眶裡打轉的社長說道：

「……剛才葛瑞菲雅──不對，兄嫂大人聯絡我……雖說家裡的決定不得不從，但我還是……沒有想到事情會突然變成這樣……我真的不知道該如何是好……」

光是聽著她潸然淚下向我泣訴的聲音，我就能夠知道來自吉蒙里家的聯絡是多麼重大而嚴苛……難、難不成，又找了個未婚夫嗎？

不對，再怎麼樣也不會有這種事吧。社長的父母在萊薩之後就好像沒有找對象了。而且堅強的社長才不會因為這點小事落淚。那、那麼會讓社長哭成這樣的事究竟……難不成！是家族內鬥之類的嗎！

正當我在腦中思索各種狀況時，社長接著又說了一句：

「……我竟然要騎駱駝……」

…………

我一時之間無法理解社長在說什麼……

「……咦？駱駝？」

在那個當下只能做出這種反應。

我們幾個住在兵藤家的吉蒙里眷屬下樓來到一樓的客廳。大家圍著茶几聆聽了解詳情的朱乃學姊說明有關駱駝的事。社長還是意氣消沉地不斷嘆氣。看來她就連自己稍微提一下駱駝都不願意。

「莉雅絲非常討厭駱駝。」

朱乃學姊一邊咯咯輕笑一邊如此說道。接著又補充說明。

「說到吉蒙里就會想到駱駝。根據記載惡魔情報的魔法書(Grimoire)等書籍當中寫著惡魔吉蒙里戴著公爵頭冠，騎著大駱駝從魔法陣當中現身。所以自古以來，吉蒙里遇到重要活動時都是騎著駱駝。」

喔喔，這樣啊。所以吉蒙里＝駱駝是吧……這麼說來，前去吉蒙里家的城堡時，吉蒙里家的衛兵好像也是騎著類似駱駝的東西。我沒有太過注意所以不太確定就是了……

我對於這個部分的記憶相當模糊。見到我歪頭表示疑惑，朱乃學姊露出微笑。

「一誠很難在記憶裡找到駱駝也是無可奈何的事，畢竟莉雅絲本人討厭駱駝。家裡的人也都有所顧慮，儘量不讓駱駝接近她。」

吉蒙里家的人都知道社長討厭駱駝，所以不讓駱駝接近她啊。所以我才沒有多少關於駱駝的記憶。因為我總是在社長身邊，難怪不會接觸到駱駝。不過比起這個還是切入正題吧。

「那麼社長碰上要騎駱駝的狀況又是怎麼回事？」

我詢問社長。社長先是長嘆了一口氣，才心不甘情不願地開口：

「……我要接受雜誌的採訪。對方打算為我做一個大規模特集……又說雜誌的照片想拍『騎著駱駝的莉雅絲·吉蒙里』……」

喔喔，雜誌採訪啊。畢竟社長在冥界那麼有人氣。身為魔王的妹妹，也是吉蒙里家的繼

任宗主，然後又是「開關公主」。社長的人氣不分男女，好像還有很多年輕的惡魔女孩爭相模仿她的穿著……聽說連駒王學園的制服都成了模仿的目標。總之社長就是這麼受歡迎。光是身為美少女又是公主，就已經是眾所矚目的焦點。

——然後雜誌採訪時必須騎駱駝，朱乃學姊接著說下去：

「一如以往，莉雅絲對於和駱駝有關的事一概拒絕，然而偏偏這次葛瑞菲雅大人以兄嫂的身分嚴格吩咐了。」

『莉雅絲，這次妳就騎了吧。妳可是吉蒙里家的繼任宗主喔？』——葛瑞菲雅好像不由分說地對社長這麼交代。而且不是以女僕的身分，而是以兄嫂的身分說的。

她一定是用嚴肅的眼神和表情毫不留情地開口要求吧。連我都有辦法想像葛瑞菲雅拿出高壓態度是什麼感覺，所以很能體會。

葛瑞菲雅平常是以女僕的身分輔助社長和瑟傑克斯陛下以及吉蒙里家眾人，然而一旦脫下女僕服就會立刻變身嚴格的兄嫂大人。

正因為社長比任何人都還要尊敬這位嫂子，這道命令更是不可不從。她既不想辜負葛瑞菲雅的期待，更不想惹葛瑞菲雅生氣。

社長整個人微微顫抖，淚眼汪汪說了一句：

「……兄嫂大人的命令是絕對的，得想辦法解決這個問題才行……」

哎呀，太可愛了！就是會用感覺比實際年齡稚嫩的表情和聲音說出那種話，莉雅絲大姊偶爾表現出來的另外一面才讓人大意不得！

朱乃學姊一邊說著「好乖好乖」一邊摸社長的頭並表示：

「遇到莉雅絲耍任性時，葛瑞菲雅大人有時會非常嚴格。」

輕輕摟著朱乃學姊的社長又長嘆一口氣。

「……兄嫂大人是為了我著想才會那麼說。兄嫂大人並沒有說錯……可是真的不行，就只有駱駝沒辦法……」

見到既是主人也是摯友的社長如此沮喪，朱乃學姊牽起她的手，以溫暖的表情說道：

「放心，駱駝我已經安排好了，過不了多久就會過來這裡。呵呵呵，莉雅絲，我們一起上適應駱駝的課程吧。」

隔了一拍之後，社長放聲哭喊：「朱乃是魔鬼巫女！」

——當然了，我也得參加這堂克服駱駝的課程。好了，這下事情會變成怎樣呢……

—○●○—

下一個假日，訓練用的駱駝已經來到兵藤家。

「莉雅絲，駱駝已經從吉蒙里家過來了。」

朱乃學姊從地下室轉移魔法陣帶到兵藤家庭院的是——一隻背上有三個駝峰的駱駝。

「咕——噎————」

感覺詭異又有點令人火大的駱駝叫了。

「這是冥界三峰駝，格莫瑞十五世。」

朱乃學姊如此說明。

「妳是說三峰駝嗎？」

於是我詢問朱乃學姊。我聽過單峰駱駝、雙峰駱駝，可是有三峰的嗎？

「這是只棲息在冥界的駱駝。」

朱乃學姊接著補充一句。啊，是冥界出產的。喔——冥界還有三峰的駱駝啊。

「……一般認為人類世界的野生單峰駱駝已經絕種，幾乎完全家畜化，野生的雙峰駱駝全世界也只剩下八百隻。」

——小貓如此為我說明。謝謝妳的小知識，小貓！

……好了，至於最重要的社長……我東張西望環顧四周，但是一眼望去沒看到社長——最後……是在庭院角落看見一名躡手躡腳準備開溜的紅髮美少女。

「潔諾薇亞，抓住莉雅絲。」

朱乃學姊下達指示，潔諾薇亞回了一句「遵命！」便迅速把社長抓回來。

「不要，放開我潔諾薇亞！拜託妳！不要啊啊啊！」

「社長，妳該有所覺悟了。人應該挑戰不擅長的事物，這才是通往成長的正道。我們吉蒙里眷屬都是這樣一路跨越重重困難的。」

「我是惡魔！不來挑戰這套！」

潔諾薇亞牢牢抓住社長的肩膀勸說她，但是社長拚命耍賴。那個抗拒的語氣實在太可愛太萌了！

「呀啊！」

哎呀？覺得好像聽到愛西亞的尖叫——我轉頭看向聲音傳來的方向，看見愛西亞遭到駱駝襲擊————！

「啊嗚！等等、那個！駱駝先生！鑽進裙子裡了！請、請不要這樣！啊嗯！」

「咕莫——！咕莫——！」

駱駝亢奮地把頭鑽進愛西亞的裙子裡！愛西亞拚命壓住裙子試圖抵抗！怎麼會這樣！我立刻趕到愛西亞身邊踹了駱駝一腳！

把愛西亞護在身後，我伸手指著倒地的駱駝！

「你、你這隻好色駱駝！竟敢把頭塞進愛西亞的裙子裡！太令人羨慕——不對，是傷風

敗俗！」

駱駝搖搖晃晃地站起來，露出帶著殺意的眼神——

「呸！」

然後對我吐口水！我原本打算躲開，但是躲開的話就會波及身後的愛西亞……所以好色駱駝黏答答的口水就這麼噴到無計可施的我臉上。感覺內心好像有什麼東西「噗滋！」一下猛然應聲斷裂！

「……混、混帳東西——！竟敢吐口水！饒不得你！」

我變出手甲，甚至開始禁手（balance breaker）的倒數，卻遭到朱乃學姊制止！

「好了，一誠！你冷靜一點！」

「這叫我怎麼冷靜！這傢伙不但把頭鑽進愛西亞的裙子裡，還對我吐口水！要稍微教育一下才行吧！話說除了這傢伙之外就沒有其他駱駝了嗎！」

怎麼可能放任這種好色駱駝幫社長進行復健！看吧看吧，牠正在盯著社長和朱乃學姊的豐滿乳房！我自己也很好色，所以透過視線和行動就能知道！這隻駱駝肯定是如假包換的大色胚！明明只是隻駱駝還敢對惡魔淑女有非分之想！上輩子肯定相當好色！

「好像是吉蒙里家有什麼活動，駱駝幾乎都派出去了。派得上用場的駱駝當中能借給我們的只剩下這隻了。」

朱乃學姊如此說明。派得上用場的只有這傢伙是怎麼樣！這可是要讓繼任宗主用來復健用的，應該給我們更好的駱駝才對吧！啊！難不成這也是葛瑞菲雅的考驗嗎！這隻駱駝色瞇瞇的視線讓我忍不住這樣亂猜！

現在還打算把頭鑽進朱乃學姊的裙底──然而雷光一閃，駱駝瞬間渾身焦黑。

「呵呵呵，我說格莫瑞，你再這樣調皮搗蛋……就吃了你喔？」

朱乃學姊面帶笑容威脅牠！看見這股魄力，駱駝格莫瑞似乎理解彼此的地位高低，搞懂自己的立場後退後一步跪倒在地！

喔喔，朱乃學姊發揮S屬性！對付好色駱駝也效果絕佳！

「好了，莉雅絲。我們開始吧。」

朱乃學姊對著被潔諾薇亞牢牢抓住的社長露出愉悅的笑容。看見這一幕我立刻了解──啊啊，朱乃學姊打算對自己的摯友展現S屬性。

◎莉雅絲．吉蒙里的騎駱駝復健第一課

朱乃學姊對著臉色蒼白的社長說道：

「那麼事不宜遲，開始莉雅絲的復健吧。莉雅絲之所以連碰都不想碰，是因為這隻格莫

瑞是駱駝對吧。那麼如果格莫瑞是類似可愛眷屬的存在又是如何呢？」

「……什麼意思？」

社長表示疑惑。這時朱乃學姊拿出一張放大的大頭照——那是我的照片。

「把一誠的照片貼到格莫瑞的臉上。妳看，這樣格莫瑞就變成一誠了。」

雖然朱乃學姊這麼說……這樣只是把我的照片貼到駱駝臉上而已……一股難以言喻的情感在我心中翻騰。

「如何，莉雅絲？越看越像一誠了吧？」

朱乃學姊未免太過強人所難！唔、嗯——這招感覺行不通吧……

「不、不行啦。再怎麼樣都沒辦法把牠看成一誠！我的一誠動作還要再野蠻一點，態度也要更下流一點！」

社長是這樣看待我的嗎！面對主人的這番真心話，我嚇到眼珠都要迸出來了！聽到社長這麼說，潔諾薇亞也摸著下巴念念有詞：

「也對……一誠散發的色狼氣場確實還要更強烈一點……不對，好吧，這隻駱駝……也不是沒辦法看成一誠吧？」

我真是搞不懂妳啊，潔諾薇亞！

「不然試試看這樣如何！」

伊莉娜拿出更多我的大頭照，分別貼到三個駝峰上。

「現在有四張一誠的臉了！一誠度很高吧！」

更莫名其妙了好嗎，笨蛋天使！一誠度是什麼啊！我在心裡吐槽，然而……

「……不知道是怎麼回事，我開始覺得這隻駱駝有點像一誠了……」

咦咦咦咦咦咦咦咦咦咦咦咦咦咦咦咦！妳真的還好嗎，社長——！看見身上有四張我的大頭照的駱駝讓妳混亂了嗎！眼神看起來好像也不太正常——！

「咕呵呵（笑）。」

咕呵呵（笑）個鬼啦，臭駱駝！不准叫得那麼開心！我居然因為這種愚蠢的方法快要和這隻駱駝畫上等號！都想哭了好嗎！

貼上我的大頭照讓社長適應駱駝的方法最後還是遭到否決。

◎莉雅絲．吉蒙里的騎駱駝復建第二課

「真拿妳沒辦法。下一個換這招好了。」

一邊嘆氣一邊喃喃自語的朱乃學姊……於是用拘束器綁住社長，連眼睛嘴巴都蒙住了！

「強制執行。我要逼妳騎到駱駝身上。」

朱乃學姊好過分！居然對主人做出這種事！而且在把社長五花大綁時，朱乃學姊還露出非常有感的嗜虐表情！至於沒有制止她還看得很興奮的我就更加惡劣了！生為變態我很抱歉，社長！社長被朱乃學姊她們綁起來的模樣實在性感到讓我招架不住！

「嗚嗯——！嗚嗯——！」

咬著口銜的社長一邊含糊不清地抗議一邊搖頭表示不要，但是朱乃學姊毫不留情地命令小貓和潔諾薇亞：

「小貓、潔諾薇亞，把綁起來的莉雅絲放在格莫瑞的背上。」

「「是的，長官。」」

兩人敬禮之後便把社長扛在肩上，就這麼放到格莫瑞背上！

「嗚咕——！嗚咕——！」

社長發出哀號，但是潔諾薇亞和小貓沒有理會，繼續用繩子把社長和駱駝綁在一起！

「這麼做也是為了社長！妳要忍耐啊，社長！完成這個任務之後朱乃副社長會給我一把靈劍！」

「……不好意思社長。我被朱乃學姊用蛋糕收買了。」

妳們太過分了吧！原來被朱乃學姊用東西收買了！

「咕呼莫喔——♪」

被繩子和社長綁在一起的駱駝格莫瑞發出興奮的叫聲！這個傢伙，竟然因為社長的胸部靠在牠的背上而興奮不已！我最寶貝的胸部居然被那隻色胚駱駝碰了——————！

駱駝讓我感覺到難以抑制的憤怒以及嫉妒！

「咕——……」

經過幾番掙扎之後，社長發出可愛的聲音，之後便整個人一癱，昏了過去。

「哎呀哎呀呵呵呵，莉雅絲真是的，這樣就投降了♪接下來該怎麼做呢……」

帶著最愉悅的笑容，朱乃學姊把社長從格莫瑞背上放了下來。

「……和駱駝一起游泳如何？」

「不對不對，和駱駝打拳擊也不錯。」

「那麼就在地下室的游泳池來場水上格鬥吧！」

小貓、潔諾薇亞、伊莉娜開心地輪流出主意！

……今天的朱乃學姊她們肯定是在捉弄社長！只是我也沒有阻止朱乃學姊這麼做——然後復健作戰進入最終階段。

……最終階段更是亂七八糟。

◎莉雅絲．吉蒙里的騎駱駝復建第三課

「既然如此，只好拿出最後的手段了。用別的駱駝。」

朱乃學姊一邊嘆氣一邊開口。

「原來如此啊，朱乃學姊。話說回來，妳說的別的駱駝——是指我嗎！」

為之驚愕的同時，我被自己的模樣嚇破膽！這也是理所當然吧！因為我現在完全就是駱駝的樣子！

最後的方法，是將身邊的人變成駱駝藉以克服！而雀屏中選的——就是我！

「真沒想到在北歐學到的駱駝變化魔法會在這種地方派上用場。」

「呼——」完成魔法術式的羅絲薇瑟喘了口氣！沒錯，把我變成駱駝的正是羅絲薇瑟的北歐式魔法！我實在很想追問她為什麼學那種感覺派不上用場的魔法，偏偏魔法的效能現在就在我身上應證！

「妳們太過分了！居然把我變成駱駝！就算是為了社長也太超過了！」

我如此泣訴！

「可是很可愛喔，一誠先生！」

即使愛西亞這樣安慰我，突然碰上這種狀況讓我淚流不止！——然而社長提心吊膽地主動接近變成駱駝的我。

「……如果是一誠變的駱駝，或許沒問題……」

如此喃喃自語的同時，社長嚥下口水，下定決心。她舉起不停顫抖的手，小心翼翼地朝我這邊伸來——接著就是「啪」的一聲！

「不要！果然還是沒辦法！」

我的臉頰被用力打了一巴掌。

之後在僅限由我變成的駱駝的條件之下，社長好不容易適應了，雜誌採訪也在拿我當成拍攝用的駱駝的狀況下完成。

也罷，雜誌採訪就靠這招搞定。雖然至今仍無法適應駱駝，不過至少稍微有點好轉，葛瑞菲雅儘管有所不滿，姑且也算是接受了。

—○●○—

「莉雅絲討厭駱駝的理由嗎？喔喔，這個孩子小時候對放牧在自家土地的駱駝惡作劇，結果被一群駱駝包圍，還被追著跑了大半天，在那之後就變得討厭駱駝了。」

拜訪兵藤家的蒼那會長一邊享用紅茶，一邊告訴我們這件事。

「……那又不算什麼。人總有少不更事的時候。」

社長紅著臉鼓起臉頰。

喔——原來有這樣的理由。看來小時候的社長相當調皮。

……不過那樣也不錯就是。

「喂！我還沒有變回原狀是怎麼回事！」

仍然沒有從駱駝的模樣復原的我向大家抗議！那是當然！為什麼我還是駱駝！

「那個魔法還要花兩到三天才會解除。術式的效力還挺強的。」

羅絲薇瑟說出殘酷的事實！妳為什麼會在北歐學習這種派不上用場的強力魔法！

「可惡！我要在駱駝狀態下向社長撒嬌——！社長，給我一點獎勵吧——！」

自暴自棄的我接近社長，然而——

「駱駝不要過來！」

卻只是挨了一個響亮的耳光！

太奇怪了！為什麼又是只有我面臨這種不合理的對待——！

「……或許格莫瑞是學長的分身也說不定。還是說學長才是格莫瑞的分身？」

小貓如此喃喃自語。

「別說那些了，快把我變回原樣——！」

Life.3 飆速修女

某天在社辦裡，愛西亞一臉凝重地對我說：

「一誠先生，這個週末你有空嗎？」

「沒什麼事要做，要說有空是很有空。」

我如此回應之後，愛西亞便像是下定決心一般表示：

「我想練習學會騎腳踏車！」

這件事對於運動白痴愛西亞而言，可以說是最大的挑戰。

到了週末，我和愛西亞來到附近的公園。

這當然是為了練習騎腳踏車。我們兩個都穿著運動服。

用來練習的是我那輛附有菜籃的腳踏車。我偶爾才會騎，不過既然知道愛西亞要練習，我已經事先保養過了，所以應該不至於太難騎。

「嗯，天氣很適合練習。」

「是啊，晴朗到說是有來自天界的保佑也不奇怪！」

潔諾薇亞與伊莉娜在我和愛西亞身旁一邊用力點頭一邊開口。

知道愛西亞要練習騎腳踏車之後，她們就說要和我一起陪她練習……老實說我覺得練習實在不需要三個人陪……

「那麼，總之先開始練習吧，愛西亞。我會在後面扶著，妳先試著踩幾下。」

我在後面抓住腳踏車。愛西亞以生疏的動作跨上腳踏車。

「啊嗚嗚，請不要放手喔！要放手時請告訴我一聲！」

沒事的，我不會突然放手。總之我打算先扶著車讓愛西亞從公園的這一頭騎到另一頭，等到她比較熟練之後再突然放手。

這是標準的練習方法吧。我小時候也是和老爸一起這樣練習的。

「哈嗚！啊嗚！呀嗚！」

愛西亞踩著腳踏車的踏板時，不時像這樣輕聲尖叫。大概是龍頭的手感和踏板的旋轉圈數搭不起來的緣故，她的身體重心不斷左搖右擺，晃來晃去。

……陪別人練習騎腳踏車好像挺消耗體力的。因為在騎車的人熟練之前，支撐的人必須穩住一個人的重量和腳踏車才行。

好不容易扶著不穩的腳踏車來到公園的盡頭之後，我稍微休息一下，順便給愛西亞一點建議。這時我們身旁——

「差不多該到了吧——」

「嗯，我這邊也差不多了……」

伊莉娜和潔諾薇亞動不動就抬頭看向公園的時鐘。

…………？她們怎麼了？我原本還以為她們會一起過來幫忙。

嘩————……

就在我感到懷疑之時，一道光芒突然從天上落在我的面前！喔喔！這是怎樣！

一看見這個景象，伊莉娜便雙手合握，對天禱告：

「啊啊，感謝各位天使前輩！」

光芒照耀的地面逐漸出現一樣東西——是一輛腳踏車！

伊莉娜面對那輛腳踏車用力說道：

「呵呵呵！這輛可是借助天界之力製作的特製腳踏車！變速功能自然不用說，配備使用光力的神聖車燈更是在夜晚騎乘時也可以放心！這樣愛西亞同學就能夠立刻變成腳踏車大師了！哼哼！」

說什麼哼哼啊！妳竟然特地向天界訂製腳踏車喔！

潔諾薇亞興致勃勃地盯著那輛腳踏車。

「嗯，是一輛好車。車身散發神聖的光輝。我可以在愛西亞之前先騎看看嗎？」

「可以啊，儘管接觸天界的技術吧！身為虔誠的惡魔信徒，潔諾薇亞一定也可以得到米迦勒大人的庇佑！」

總覺得「虔誠的惡魔信徒」這個稱呼非常不得了……但是無論如何，潔諾薇亞都決定騎上那輛天界款式的腳踏車。

「我看看……」

在她握住把手，跨坐上去的瞬間——

傳來「滋————……」的燒灼聲，同時潔諾薇亞整個人也開始冒煙！

「啊，前輩傳了訊息表示『那輛腳踏車使用經過儀禮處理的鐵和銀，所以惡魔會受傷，小心一點』這樣！」

伊莉娜一邊看著手機訊息一邊開口！不不不！那輛腳踏車的規格對我們有危險嗎！

至於潔諾薇亞本人——雖然嘴裡吐出煙來，還是帶著燦爛的笑容說了一句：

「功能真是不錯。這樣就算有奇怪的惡魔靠近也能放心……嗚呼。」

啊啊啊啊啊啊！這個小笨蛋，就那樣騎在車上笑著倒下了！

「潔諾薇亞同學————！妳不可以死啊————！」

愛西亞連忙趕過去幫忙恢復。

……伊莉娜和潔諾薇亞這兩個人到底是來做什麼的……

我只能抱頭苦惱。看來今天的練習會比原本的預期辛苦許多。

「抱歉抱歉。忍不住就騎上去了。」

接受愛西亞治療的潔諾薇亞坐在公園的長椅上開口。

「潔諾薇亞真是的，也太勇於挑戰了吧！」

伊莉娜往潔諾薇亞的額頭輕敲了一下，忍不住笑了。

「妳們是特地在假日的大白天跑來以身犯險搞笑的嗎！」

我如此吐槽。嘆了一口氣之後，正想繼續陪愛西亞練習——然而這次換成轉移魔法陣出現在公園裡。

……從紋章來看不是惡魔式，而是墮天使式的。而且與阿撒塞勒老師經常使用的魔法陣極為相似……

這時我就已經只有不祥的預感……然後從魔法陣裡面冒出一輛腳踏車。

……可、可疑度爆表了……！

潔諾薇亞一邊說聲：「喔——來了來了。」一邊接近那輛腳踏車。原來是送來給妳的嗎！潔諾薇亞把手放在從魔法陣裡出現的那輛腳踏車上，對著愛西亞說道：

「愛西亞！這輛腳踏車是我拜託阿撒塞勒老師打造的訂製款魔動輔助腳踏車！據說電動輔助根本比不上！」

……看她說得口沫橫飛！但是阿撒塞勒老師的訂製款？這一點就讓我無法信任！光是那個最喜歡惡作劇的邪惡老師打造的東西這一點就可疑至極！

不知道是不是我多心了，總覺得車身散發出危險的氣焰！

「老師為我打造的？太令人開心了！請務必讓我用那輛腳踏車練習——」

單純的愛西亞似乎真心為此感到開心……但是我沒有那麼單純，所以把純真的愛西亞從（老師打造的）腳踏車旁邊推開，對著潔諾薇亞嚴正聲明：

「吶，潔諾薇亞。光是阿撒塞勒老師的訂製款這一點我就完全無法信任……妳可以先試騎一下嗎？妳看，前輪和後輪還有神祕的突出物，實在是可疑到不行。」

沒錯，那輛腳踏車的前輪和後輪部分加裝了奇形怪狀的突出物……肯定有什麼機關吧。依照我和老師相處的那些日子的經驗，那有極高的機率不是什麼好東西！

聽到我這麼說，潔諾薇亞雖然有點不高興，還是坐上腳踏車。

「一誠對我準備的腳踏車有意見是吧？就算阿撒塞勒老師是個大魔頭，既然是為了可愛的愛西亞，肯定會打造出容易騎乘的好車才對！」

話音方落，潔諾薇亞已經輕快踩動腳踏車。

她在公園的廣場上靈活地左來右往，順利繞圈。不過潔諾薇亞的體能那麼發達，想必很擅長這方面。

「看吧，一誠、愛西亞！腳踏車正常得很！感覺也很牢靠，最棒的是還很好騎！」

看潔諾薇亞騎了這麼一陣子，目前確實沒有什麼特別的變化……

這時伊莉娜對潔諾薇亞提出要求：

「吶──吶──潔諾薇亞！龍頭的左邊把手上面有個電子機器，妳操作看看！我對那個東西非常好奇！」

正如伊莉娜所說，龍頭的左邊把手有個神祕機械。以電動腳踏車而言就是有開關的數位儀器，潔諾薇亞騎的那輛腳踏車也裝有類似的東西。

「我知道了！交給我吧！」

潔諾薇亞點點頭，按下那個電子機器的開關。就在那個瞬間──

嗡────！

腳踏車發出嘈雜的機械聲，接下來某個部位發出「喀鏘！」的聲響開始運作！

仔細一看，是前後輪的可疑突出物在動！突出物移動到下方，並且開始噴火！

轟————！

突出物——不對，火箭推進器冒出劇烈的火花，腳踏車載著潔諾薇亞逐漸升空！

「喔喔，這輛腳踏車會飛嗎？妳看，愛西亞。這輛腳踏車連空力——」

咻————！

話還沒說完的潔諾薇亞連同腳踏車一起一飛衝天！

…………

抬頭望著空中，我、愛西亞、伊莉娜都目瞪口呆。潔諾薇亞和腳踏車留下我們，慢慢地越飛越高，然後漸漸飛到我們看不見的高度——

總覺得天上閃了一下，彷彿是星光在閃爍。明明還是大白天——

……潔諾薇亞那個傢伙到底是來幹嘛的……！她想說空力怎麼來著！話說那輛腳踏車已經不是空力不空力的問題！根本就是火箭！是上天堂的單程車票吧！所以我不是說了嗎！阿撒塞勒老師怎麼可能做出什麼好東西！

……不、不管了！

我輕輕咳了一聲，轉換心情。

「好了，愛西亞。我們繼續練習吧。」

「——！怎、怎麼這樣，一誠先生！潔諾薇亞同學飛上天還沒有回來！」

愛西亞指著天空，著急地如此表示。

「有、有些生命我也救不了！」

我只能別過頭這麼回答！

可是我真的沒辦法！誰有辦法阻止那傢伙騎腳踏車升天！她騎著騎著就突然啟動火箭推進器飛走了耶！

「潔諾薇亞是代替愛西亞變成星星了！如果騎上那玩意的是愛西亞，事情會變成怎樣？潔諾薇亞……是老師的邪惡計畫的犧牲者……！我們就這麼想，然後繼續練習騎腳踏車吧，愛西亞！」

就在我隨口亂說試圖安撫愛西亞時——

「怎麼會有一輛這麼漂亮的腳踏車在這裡妞。」

——！耳朵聽見一個熟悉的粗獷男聲！轉頭看見有著健壯的肉體，身穿歌德蘿莉服飾的大漢！這不是小咪露嗎！為什麼麻煩會像這樣接二連三地冒出來啊！

沒有理會抱頭苦惱的我，小咪露興致勃勃地盯著伊莉娜訂製的天界製腳踏車。

「……感覺得到這輛腳踏車散發強烈的魔法力妞。」

對著腳踏車說出謎樣神祕言論的小咪露，像是被吸過去似的坐上腳踏車。我還在苦思該不該阻止他時，小咪露已經拋下我以豪邁的動作踩動踏板，瀟灑地飆起腳踏車——

嘩——

突然之間，腳踏車和小咪露籠罩在一陣神聖的光輝中——接著經過千錘百鍊的肉體背上長出純白羽翼，連同腳踏車飛往空中。

——小咪露變成天使，和腳踏車一起飛起來了！

大受衝擊的我面對這個誇張到不能再誇張的場面，只能苦著一張臉！得到神聖力量加持的娘子漢變成天使飛上天——這個畫面要說有多地獄就有多地獄！

那輛腳踏車與騎上去的人產生作用之後還會飛上天是吧！雖說是天界製的，結果和老師打造的火箭腳踏車沒什麼兩樣！

「這輛腳踏車好厲害妞！小咪露終於得到前往魔法世界的移動手段妞——喔喔喔喔喔喔！」

發出有如野獸的渾厚咆哮，小咪露（天使版）和天界製腳踏車振翅飛往空中——這個狀況怎麼想都是一隻魔物飛上天。

太扯了吧！——哪天不好挑，偏偏挑今天接連發生這麼多莫名其妙的狀況！

「夠了！你們幾個讓我好好陪愛西亞練腳踏車好嗎——！」

我只能仰天痛哭失聲。

「是。是。您所說的我都理解。不過潔諾薇亞騎的那輛是墮天使陣營的總督準備的東西……咦？歌德蘿莉山怪？好像有印象又好像沒有……」

潔諾薇亞和小咪露飛上天之後過了大約三十分鐘。我們一直都在休息。

至於拿著電話應對看不見的對象，不斷鞠躬哈腰的人是伊莉娜。

在那之後過了一會兒，我們接到來自天界的聯絡。對方表示有兩個騎著腳踏車的人闖進天界。

一個是騎著老師打造的火箭腳踏車變成星星的潔諾薇亞。然後另一個大概是變成天使之後和天界製腳踏車一起飛上天的小咪露吧。

他們兩個好像都抵達天界了……那種腳踏車竟然去得了天界。話說使用那種方式過得了天界之門喔！今天明明是來陪愛西亞練車，為什麼會是兩輛可以騎到天界的腳踏車在搶戲！潔諾薇亞和小咪露騎腳踏車進天界是不是腦袋有問題！難道這個公園是擅闖天界的人專用的發射基地嗎！

「腳踏車好厲害呢，一誠先生！原來是連天界都到得了的特殊交通工具！」

愛西亞美眉！不是這樣的！腳踏車是普通老百姓經常騎的和平交通工具！絕對不是什麼上天堂的單程車！

只能嘆氣的我一口氣乾了罐裝飲料，轉換心情對著伊莉娜說道：

「總之，愛西亞還得多練習才行。伊莉娜也來幫忙吧。」

「是的長官──！」

伊莉娜也擺出敬禮姿勢回應。

之後我們繼續練習。我和伊莉娜輪流在後面扶著腳踏車，在愛西亞踩踏板的動作穩定之前都沒有放手。等到她逐漸熟練之後才開始突然放手，雖然可以順利騎一小段──最後還是會失去平衡摔車。

即使摔了一次又一次，愛西亞依然沒有放棄，拚命扶起腳踏車繼續騎。

從上午開始的練習在經過休息和午餐之後，時間也來到傍晚。

嗯。剛開始練習時確實是完全不行，不過也一點一點逐漸知道要怎麼騎了。感覺再練一下就可以開竅了。腳踏車這種東西只要學會最關鍵的平衡感，其實馬上可以出師……只是對於不擅長運動的愛西亞來說好像有點吃力。

……話說回來，愛西亞突然說想要練習，是不是有什麼理由呢？她確實一直很在意自己不會騎腳踏車，但是我覺得以日常生活而言，應該沒有對她造成什麼不便。

「愛西亞，妳怎麼會突然說想練習呢？」

我不經意地試著發問。

結果只見愛西亞滿臉通紅，扭扭捏捏了起來。

「……那個、就是……」

看到愛西亞欲言又止，伊莉娜用手肘頂了她幾下。

「愛西亞同學，還是說出來比較好！這種事情就該大聲說出來才會有非成功不可的感覺，或許也會成為助力！」

被伊莉娜這麼一說，愛西亞下定決心對我說道：

「那、那個！一誠先生！下、下次，可以和我一起騎車去野餐嗎？」

——野餐啊。而且還是騎腳踏車？

愛西亞害羞地繼續說下去：

「我和班上的朋友聊天，聽說了騎車去野餐的活動……聽起來好像很開心，所以我想說如果可以和一誠先生一起去就好了……當、當然了，我也有想到如果可以和潔諾薇亞同學、伊莉娜同學還有桐生同學一起騎腳踏車去逛街的話不知道有多開心。一想到這些，我就很想學會騎腳踏車……」

……原來是這樣啊。騎腳踏車出門的確很好玩。國中的我在暑假之類的時間也曾經和松田或元濱一起騎腳踏車飆到很遠的地方。和大家一起騎的話，無論多遠都到得了的感覺正是騎車的醍醐味。

和愛西亞一起騎腳踏車去野餐。感覺就很開心！

「我要飯糰和雞蛋三明治！」

聽到我這麼說，愛西亞露出愣住的表情。

「咦？」

「我是說便當。我們一起騎車出去玩吧！所以妳要多加練習，趕快學會怎麼騎！」

「好、好的！」

我的話讓愛西亞露出最燦爛的笑容。

好！那就再多練習一下吧！太陽下山才是惡魔發揮本領的時間，或許愛西亞能藉此學會怎麼騎也說不定！試著努力到晚餐時間吧！

我和伊莉娜繼續在後面扶著腳踏車，輔助愛西亞往前騎。

就在她騎得正順，我準備放手之時——

轟——……

一陣噴射聲從空中傳來。抬頭一看——看見火箭腳踏車和潔諾薇亞的身影！居然回來了！她在背景的夕陽襯托下從天界騎著腳踏車回來了！

騎車飛上天回來的潔諾薇亞順利降落在地面之後，一看見我們就把腳踏車菜籃裡用紙包起來的東西遞過來。

「這是天界的土產。好像是天界名產神饅頭。這可是偉大的熾天使之一烏列大人讓我帶回來的。還交代我問候吉蒙里家。」

「不，妳還是回家去吧！搞得像是『前往天界上門拜訪』是怎樣！」

我只能這麼說了。這個傢伙今天來公園到底是為了什麼！她只有騎腳踏車去天界又回來而已啊！而且還玩得很開心吧！頭上還戴著去程時沒有的荊棘頭冠！天界不但有人照應還有土產可以拿是吧！不，光是這一連串流程就已經夠誇張了！

「一誠先生——！」

嗯？愛西亞呼喚我的聲音聽起來特別大聲。我看了過去——發現愛西亞正在騎腳踏車！不對，我和伊莉娜因為潔諾薇亞回來而嚇了一跳，不小心放開愛西亞的腳踏車！但是愛西亞沒有我們的支撐也騎得很好！

「喔喔！愛西亞！妳會騎了！」

「是的，一誠先生！我會騎了！」

雖然動作還不太順暢，但是她可以一個人騎了！太棒了！愛西亞終於會騎腳踏車了！滿心歡喜的我正準備衝到愛西亞身邊，卻感覺到天上傳來神祕的氣息。

咻——————……

隨著東西急速落下的聲音——

「妞————————喔喔喔喔！」

一個熟悉的粗獷聲音發出的哀號也同時傳來————！而且來自我的正上方！

我抬頭一看，只見一點也不想看見的肌肉棒子娘子漢！我完全忘記了！是有這麼回事！

這、這個漢子升天之後也還沒有回來！可是，為什麼會在這個時間點——

「往我這邊掉啊————！」

轟隆————

……從天而降的小咪露壓在我身上。

…………嗚呼。我每次都得扮演這種角色。

儘管被壓在小咪露巨大的身軀底下，逐漸模糊的意識仍然為愛西亞的成長感到開心。

太好了，愛西亞！

後來我和愛西亞擇日帶著便當騎車出遊。和金髮美少女騎車約會，讓我覺得相當青春！

愛西亞的便當又很好吃，簡直無可挑剔！

「雙載也有如美夢成真，但是和一誠先生一起騎車更是非常美好的經驗。」

只要能讓愛西亞保持笑容，無論怎樣我都開心。

至於那輛能夠飛上天界的老師特製火箭腳踏車理所當然封印起來。理由是再有人騎那種東西到天界也會讓天界陣營很傷腦筋。不過我覺得天界製的也是半斤八兩……

不過這件事就等到下次再說！總之愛西亞練習騎腳踏車順利結束！

在兵藤家

「我回來了——第一代大人！」

「我來打擾了，莉雅絲。」

「其實是……是因為這樣。」

「我已經聽他說了很多。
莉雅絲的眷屬全都是
很有趣的孩子呢。」

「我也想聽聽妳們從事
惡魔工作的情況——
妳們很努力對吧？」

「那麼我稍微說一下吧。」

Life.4 賽錢箱奇譚

某個假日，我和朱乃學姊、愛西亞、小貓四個人一大早來到位於隔壁縣深山的神社。

身為惡魔的我們怎麼會來神社？這個問題的答案一如以往，是來從事惡魔的工作……

「……一誠學長，這些神具麻煩放到那邊。」

小貓從倉庫裡抱出大型神壇和注連繩之類的東西，遞給了我。

「等一下！ＯＫ，我拿好了。」

我接過來之後便搬到外面。我和小貓負責的工作是整理收納神具的倉庫。我們先把神壇之類的東西搬出去，再來清掃倉庫內部。

那麼為什麼我們惡魔會踏進神社這種神聖的地方呢？

沒錯，這是來自神社的要求，就是幫神社大掃除以及改裝。

原本神社是祭祀日本神明的地方，所以具備魔性的我等惡魔連想接近都辦不到。儘管如此我們還是能夠待在這裡，是因為得到這裡祭祀的神明，或是神主的許可。

不過每次抱起神具時還是會有刺痛感竄過全身……這恐怕是因為身為惡魔受到傷害吧。

那是當然，拿起神具怎麼可能不受傷。基本上我還是會墊個東西避免直接接觸，儘管如此還是會感到刺痛。

……神社相關人員允許惡魔進入確實很奇怪，不過對方好像沒有其他人可以拜託，所以我們才接下這個委託……

感覺這個神社的確沒有花太多錢在管理上。

來到本殿的路上是一段漫長的石板階梯，從周圍的景象和狀態來看，實在很難說是有人在照料，只見到處都是雜草和落葉。

重要的神社本身也沒什麼人，或許是因為採光不太好吧，稍微有點恐怖片的氣氛。

「能夠在日本的神社工作是我的榮幸。」

愛西亞拿著掃帚在境內到處清理。以原本是修女的愛西亞的立場來看，這算是在異教的宗教設施活動才對，只是本人似乎很開心。

而且穿著巫女服！金髮美少女搭配巫女服真的很讚！一方面感覺不太搭，卻又讓人覺得這麼做的人其實很懂！

剛來到這裡神主就給我們巫女服。大家就像是入境隨俗一般穿起巫女服在神社裡行動。

「哎呀哎呀。神符的焚燒儀式可以讓惡魔經手嗎……」

同樣穿著巫女服的朱乃學姊不知該如何是好。

她抱著一整箱神符和護身符之類的東西，似乎煩惱著要如何處理。

畢竟讓惡魔經手神符和護身符這些東西總是不太好吧。

感覺光是拿著就會受傷，更何況惡魔好像不太應該執行焚燒儀式。

「沒關係，焚燒儀式由我來進行。」

一名中年男子隨著這句話現身。他是這裡的神主，也是我們的委託人。

神主先生從朱乃學姊手上接過紙箱，接著說道：

「各位從早忙到現在應該也累了，手上的工作結束之後先休息一下吧。」

焚燒儀式結束之後，我們決定稍微休息。

「哎呀——真沒想到有專門負責神社的惡魔呢。」

神主笑著開口。

我們完成了上午的清掃工作，正在休息處喝他端過來的茶。

神主一邊喝茶一邊說道：

「我向平常幫忙實現願望的惡魔提起這間神社的事，結果他就為我介紹吉蒙里小姐。因為聽說你們那裡有精通神社事宜的眷屬。」

「呵呵呵，多謝誇獎。」

朱乃學姊帶著笑容回應。

沒錯，專門負責神社的惡魔就是指朱乃學姊。朱乃學姊不只是來歷使然，以前住的地方也是老舊的神社，所以感覺這方面是她的強項。

就在前幾天，這次的委託經由和吉蒙里家不同地盤的惡魔來到我們手邊。

對方表示自己負責的客人說想要改裝神社，問我們能不能設法處理——

因為沒有拒絕的理由，朱乃學姊便答應了——然後從委託內容判斷，一個人做可能會花上很多時間，所以我們也來幫忙。

朱乃學姊開發了一種獨門術式，能讓惡魔在神社境內得到某種程度上的自由，所以我們行動起來感覺不到任何限制。

畢竟就算有神明和神主的許可，還是有個限度。朱乃學姊的魔力為我們在境內的活動提供輔助。

順道一提，這個術式沒有公開。畢竟要是讓其他惡魔知道這件事，說不定會在各地的神社作亂。

要是惡魔因此對日本的神明採取敵對行動的話，在勢力方面會形成大問題。

……不過我覺得找惡魔實現願望的神主也很有問題就是了……

「不過各位真是幫了我一個大忙。因為真的找不到其他人幫忙。我孤家寡人的……也只有惡魔會陪我聊天。」

神主一邊苦笑一邊對我們說明……只有惡魔陪他聊天也太哀傷了吧。

「改裝神社有什麼打算嗎？看來之前也沒什麼整理，為什麼偏偏這次會想到？」

我提出這個問題。我有點疑惑怎麼會突然想到要大幅改裝神社，甚至不惜借助惡魔的力量。我覺得應該拜託木匠之類的專家會比較快。

聽到我的問題，神主的眼睛變得炯炯有神。

「是這樣的，其實我想以所謂的能量景點為號召，擴大這裡的名氣。」

「能量景點……是嗎？」

愛西亞複述了一遍，神主點頭回應：

「我想把這間神社當成能量景點介紹出去，就可以變成觀光勝地，屆時參拜客就會絡繹不絕地聚集過來！既然身為神主，我當然希望神社可以更加熱鬧！所以最近才下定決心，想拜託各位協助我。」

就算神主說得興致勃勃……

想法很值得嘉許。總比讓這間神社繼續荒涼下去好得多。

但是把這種想法告訴惡魔，還請惡魔幫忙，站在神主的立場真的沒問題嗎……神主繼續

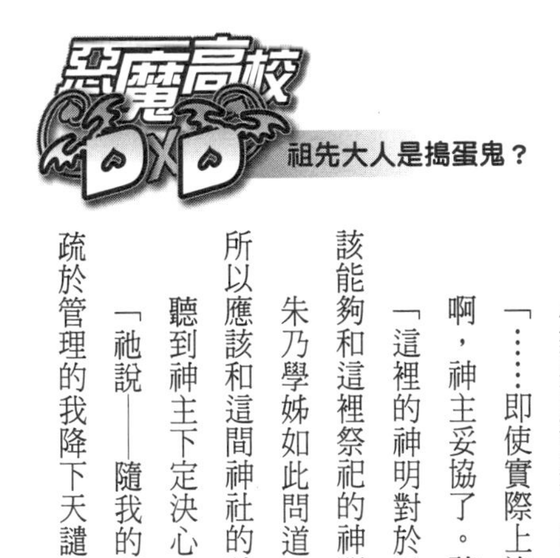

說下去。

「這間神社原本就缺錢……僅有的收入也都花在請惡魔實現願望……正因為如此，我才會痛定思痛，決定炒熱這個地方！」

這個神主沒救了吧！好吧，神社荒涼成這樣當然會缺錢。而且還把僅有的收入花在惡魔身上！這裡的神明可以對他發脾氣！

「……可是要打造能量景點沒那麼容易。」

小貓這麼說道。喔──原來是這樣啊。

「……即使實際上沒有能量，只要能讓觀光客願意光顧就行了。」

啊，神主妥協了。聽到這裡，朱乃學姊不知在沉思什麼。

「這裡的神明對於這種做法有什麼想法嗎？神主先生似乎對那方面的力量頗為靈通，應該能夠和這裡祭祀的神明溝通吧？」

朱乃學姊如此問道。根據朱乃學姊的說法，神主擁有特別的力量──類似靈力的東西，所以應該和這間神社的神明見過面。據說一般擔任神主的人沒有這種力量就是了。

聽到神主下定決心，這裡的神明是怎麼想的？──朱乃學姊大概是想問這個問題吧。

「祂說──隨我的便。其實祂還挺放任我的。畢竟即使神社變得那麼荒涼，祂都沒有對疏於管理的我降下天譴，就知道祂有多麼寬容。」

……也、也對。聽起來這裡的神明似乎連神社快要變成靈異景點都沒生氣，對於這方面的事大概不是很在乎吧。

「順便問一下，這裡的神明是哪位？」

我又問了一句。我對那位滿不在乎的神明有點興趣。

「……好像是雷神之一，火雷神。」

小貓這麼回答我。

喔，雷神啊。火、火雷神是吧。

不過對於號稱雷之巫女、雷光巫女的朱乃學姊而言，這個委託好像相當適任。巫女、神社、雷──我不禁覺得朱乃學姊和這件事有奇妙的緣分。

面對神主的請求，朱乃學姊偏頭思索。

「……如果吸引觀光客比能量景點還重要的話……」

感覺朱乃學姊似乎不是沒有解決的手段。

「那、那個……」

神主微微舉起手，有點不好意思地開口：

「如果各位方便的話，是否有榮幸請各位多幫我實現一個願望……相對的，我也會支付相應的追加報酬……」

「可以啊，沒關係。」

朱乃學姊儘管略顯不解還是答應了。

「其實——」

……神主的新委託又是件麻煩事。

—○●○—

深夜——我和朱乃學姊、愛西亞、小貓四個人出現在神社附近的森林裡。

……這是為了解決神主的新委託。

神主的委託——是幫忙處理三個麻煩。

第一個，深夜的森林裡每天晚上都會出現大量亡靈，讓附近居民感到很害怕。

第二個，同一片森林裡面似乎有人在進行丑時參拜，造成附近居民的觀感不佳。

第三個，是希望我們抓住夜晚出現的香油錢小偷。

……該怎麼說，三個麻煩都很誇張。又鬧鬼又有人釘草人還有小偷的話，也難怪沒人要來這間神社，才會不斷蕭條下去。

結果這裡真的是靈異景點……

——所以我們要做的就是驅鬼、警告進行丑時參拜的人，還有抓住小偷。沒辦好的話神社改裝計畫也進行不下去吧。

「……為什麼我們還得做靈媒和警察的工作啊。」

我忍不住只能嘆氣。

「可是既然有人因此而困擾，我們又接了委託，就必須確實達成才行。」

愛西亞帶著笑容開口。小貓也在她身旁不住點頭。

啊啊，妳們未免也太乖了吧！說得也是！妳們說得沒錯！我也會加油的！

重新振作心情，開始探索森林。

周圍一片漆黑。沒有任何亮光。我們惡魔在夜裡也看得很清楚所以無所謂，如果是普通人來到這種地方應該會絆到或是撞到樹，肯定會受傷吧。

總之遇見人類的話就施展幻術，利用催眠帶回居住的地方。

遇見亡靈就勸說對方升天。如果不行只能憑武力讓對方消失……我好歹也是惡魔，倘若只是普通怨靈，一發神龍彈就能搞定……儘管如此，我還是很怕遇到鬼。

「啊嗚嗚，深夜的森林果然很可怕……」

愛西亞緊緊貼在我背後。真不知道剛才可靠的一面跑到哪裡去了。不過因為很可愛所以沒問題！

「……我感覺到某種氣息。」

有所感應的小貓指著前方。

我們壓低身子，緩緩接近。

眼前的是——一群鎧甲武士！

嗚哇！居然是落敗武士的亡靈！放眼望去有十幾個！總覺得附近還有類似鬼火的飄搖火光！唔——如果說不聽的話就強制排除吧！

不過這點程度光靠我一個人就可以解決了。

我先是深呼吸，然後氣勢十足地往前方跳了出去。

「喂喂喂！你們這些孤魂野鬼，這片森林是——」

我先聲奪人沒什麼問題，問題在於接下來聽見——

「「「「呀啊——！」」」」

卻是女生的尖叫！而且聲音是從落敗武士那邊傳來的！

落、落敗武士全都抖個不停抱在一起縮成一團！

咦咦咦咦咦咦咦咦咦咦咦咦咦咦咦咦咦！

怎麼回事！面對落敗武士不合常理的反應，我也是大吃一驚……

「一誠學長，那些是人類。不是亡靈。」

然後小貓這麼告訴我！

真的假的！她們是人類嗎！明明是落敗武士？話說這個狀況！我碰過！我認識的人裡面就有一個像這樣穿著武士鎧甲的女生！

「……不、不好意思嚇到妳們了。我是和這間神社有關的人，附近民眾說這裡每天晚上都有落敗武士的亡靈出沒，所以才會過來確認真相……」

我姑且進行說明之後，有個落敗武士一邊啜泣一邊說道：

「……這、這樣啊……我、我們是大學的落敗武士研究會成員，深夜來到這個森林舉辦落敗武士體驗會……看來給各位添麻煩了……」

「落敗武士研究會！那是什麼莫名其妙的社團！而且還辦什麼落敗武士體驗會！那是需要在深夜的森林裡做的事嗎！」

真是添了大麻煩！竟有此事！亡靈的真面目居然是打扮成武士的女大學生！讓我想到蘇珊！難不成鎧甲武士的打扮正在女大學生當中流行嗎！

其中一個落敗武士女大學生對困惑的我比出勝利手勢。

「我們是現在流行的歷女——☆」

「我覺得怎麼看都不是歷女！只是一群變態女武士的聚會！」

從來沒聽過也沒看過穿著鎧甲的歷女！不對，我是知道那麼一個沒錯！話說回來，這個

亡靈的真面目也太扯了！

「好了好了，一誠。總之先把狀況告訴她們吧。」

朱乃學姊對著嘆氣的我開口，之後便向落敗武士研究會的那些人說明狀況。

請落敗武士解散之後，我們前往下一個地方。

那裡每天晚上都會發生丑時參拜……丑時參拜是那個吧，穿著白衣拿釘子釘在詛咒稻草人身上的那套吧。

朱乃學姊表示：

「丑時參拜，是自古以來流傳的咒法之一。雖然不能說是正式的詛咒，但是如果執行者具備能力，或是對方體質對詛咒沒什麼抵抗力，那麼效果就會立即顯現。」

原來如此，普通人亂釘的話不會有事，但是如果有靈異體質的人參與的話就會生效是吧……果然是很可怕的做法嘛。

真是的，怎麼會有人在這種三更半夜一個人做那種事呢。

不過這也表示有多麼憎恨對方。

「……那個咒法光是被別人看見就會失效。在被我們發現的那個當下，那個人的詛咒也就結束了。」

小貓如此補充說明。啊，有那種規則是吧。那麼我們趕快好好教訓一頓，趕他回家吧。

於是我們幹勁十足地在森林裡走了幾分鐘——

一陣「鏗——」、「鏗——」的敲打聲在森林裡迴盪。

「啊嗚嗚！好、好像正在進行詛咒儀式……！」

愛西亞抓著我這麼說……或許真是這樣。

無論如何，有人在詛咒別人都不能當作沒看到。看來又該我跳出去教訓對方了！

「前面的人！三更半夜釘草人——」

衝出去的我話還沒說完，已經開始懷疑自己看到的景象。

「好！下一個，左外野！」

「是的，主將！」

「要好好接住，否則怎麼打贏下一場比賽！大家都聽到了吧！」

「「「「「「是！」」」」」」

我們的眼前——是一群正在練習棒球的甲冑騎士！

……換成甲冑騎士了喔————！

所以剛才那陣「鏗——」、「鏗——」的敲打聲，其實是球棒打球的聲音嗎！不是「鏗

——」而是「鏘——」嗎！

莫非別人以為是丑時參拜的現象，其實是這群甲冑騎士在練棒球嗎！

這個結果未免也太過誇張！教訓釘草人的人都還好一點！

……無論如何，我也向這些人說明狀況。

據說他們是「甲冑騎士棒球研究會」這個莫名其妙的同好會，然後果然和剛才那群落敗武士同樣是大學生……

……這是怎樣。附近大學生中了不穿武士鎧甲或騎士甲冑就不會活動的詛咒嗎……？

說明清楚之後，他們也立刻解散了。他們說自己只是在找地方練習棒球……吐槽點實在太多，多到我提不起勁吐槽。

……總覺得剛才那兩群人應該和鎧甲武士蘇珊還有甲冑騎士堀井念同一所大學。

話說怎麼樣的大學才會有穿鎧甲的落敗武士歷女和男性甲冑騎士打棒球的社團啊！

「……我累了。變成惡魔之後都是遇到怪胎，這到底是怎麼回事……？」

我只能嘆氣……忍不住覺得附近的惡魔還比較像正常人。

「呵呵呵，那也是一種緣分。」

朱乃學姊帶著微笑開口……

「……我才不想要那種緣分。還有蘇珊和堀井該不會就是在這裡相遇的吧……那間神社該不會是保佑邂逅吧……」

我一邊嘆氣一邊自言自語，這時朱乃學姊有了反應。

「……邂逅……男女……對耶，這個應該行得通。」

看她的表情好像是想到什麼了。這樣看來神社的改裝計畫應該也很值得期待。

「——好了，最後去監視賽錢箱抓小偷吧。」

我們走出森林，回到神社境內。大家一起躲在看得見賽錢箱的陰暗處，等待小偷出現

……不過今天不見得會來就是……

「呵呵呵。」

朱乃學姊忽然輕笑一聲。就在我們偏頭表示懷疑之時，朱乃學姊開始解釋：

「抱歉，突然笑了出來。可是我很開心。」

「開心？」

聽到我的問題，朱乃學姊點頭回應：

「是啊，我非常開心。因為以前有一陣子，來自神社和寺廟的工作都是我一個人處理。現在有一誠和小貓、愛西亞會跟我過來，讓我覺得心裡很踏實、很高興。」

——唔。

對了，我聽說在眷屬還沒湊齊時，大家是在人數不足的狀態下分攤工作。去年我和愛西

亞都還沒有入社，沒辦法像這樣好幾個人處理一件工作。

我毫不猶豫地直接告訴朱乃學姊：

「我！要是朱乃學姊碰上困難，我隨時都會過去幫忙！」

「我也是！」

「……我也一樣。」

愛西亞和小貓也跟著附和！沒錯，副社長有難的話，社員伸出援手也是理所當然！

聽到我們這麼說，朱乃學姊露出柔和的表情表示：

「謝謝你們，我很高興。」

她以可愛的笑容回應我們！唔——！朱乃學姊的笑容果然是最棒的——

「……有人！」

就在社員之間加深交流的時候，小貓指向本殿那邊。

我看了過去——發現賽錢箱附近有個人影鬼鬼祟祟，蠢蠢欲動。

是、是小偷嗎！我向大家以眼神示意，所有人隱藏氣息一起緩緩接近。然後——！

「你這個香油錢小偷！」

大家一起撲了上去！小偷整個人抖了一下，就任憑我們將他綁起來！

「什、什麼狀況！」

居然敢說那種話，這個臭小偷！還能有什麼狀況！

「認命吧，香油錢小偷！好了，讓我們瞧瞧你的長相！」

我看了一眼被我們逮個正著的小偷……身上穿著似乎會出現在歷史書籍插圖上的古代服裝。古代日本人穿的那種……好像叫衣褲吧？總之就是那種打扮的中年男子。

「哎呀哎呀，難不成您是火雷神大人嗎？」

朱乃學姊如此問道，結果中年男子說聲：「正是。」表示肯定！

「咦！是這裡的神明嗎！」

沒錯，小偷的真面目是這間神社祭拜的神明。

「哎呀呀！被惡魔抓起來真是嚇了我一跳！」

身在之前的休息處的火雷神大人豪邁地哈哈大笑。

一旁的神主則是對著我們低頭道歉：

「不好意思。沒想到香油錢小偷的真面目會是火雷神大人……」

這位就是這間神社的神明——火雷神。據說是全國為數眾多的雷神之一。據說那身打扮沒有特別的意義，只是在俗世現身時這樣比較有神明的感覺。

根據那位神明所說……

「沒什麼，只是剛好手頭有點緊，所以才從賽錢箱裡借了一點！你們知道那些原本就是要給我的香油錢，所以想說先拿走一點也不會怎樣——」

好像是這麼回事……不過神明從賽錢箱裡面借錢是怎樣……那些是供奉給這裡的神明的香油錢也是事實……

神主對火雷神說道：

「……火雷神大人，我上次有向您提過吧。我想把這間神社塑造成能量景點或是觀光名勝，而執行計畫的資金就是那些香油錢，結果居然是被神明本尊拿走……」

「哎呀呀，抱歉！不過你也在惡魔身上花了很多神社的錢啊。」

「嗚！這、這個嘛……」

神明和神主兩邊都不行啊！這間神社太誇張了！

「關於神社的改裝與重建事宜，我想到一個好主意。這個部分可以交給我處理嗎？」

於是朱乃學姊帶著客套的笑容和神主以及火雷神大人談起生意。

……這麼說來，朱乃學姊想到的主意到底是什麼？

在那之後過了一陣子，那間神社成了年輕女性之間口耳相傳的能量景點，吸引了許多客人前往參拜。

我們也聽聞那些好評，於是前往久違的那間神社……只見那間荒涼的神社境內人多到像是幻覺似的。本殿的部分經過我們之後的裝修總算能夠見人，不過有這麼多人聚集在這裡還真是壯觀。

「哇——參拜的人還真多。話說回來，朱乃學姊到底動了什麼手腳？」

「呵呵呵，是那個。」

聽到我的問題，朱乃學姊伸手指向某個方向。

境內的一角，有著身體細長——東方風格的紅龍（Welsh Dragon）與巫女依偎在一起的石像。上次來的時候還沒有那種東西。

「我請加斯帕在網路上散布傳聞說這裡在戀愛——結緣方面很靈驗，並且將那尊故意做得看起來很有歷史的石像放在這裡。彷彿石像從很久以前就在這裡。傳聞會不會確實發揮作用還得賭一把，不過看來成功吸引了許多女性。」

喔喔，原來朱乃學姊為了這間神社做了那種事啊。這才造就這個興隆的盛況。

據說摸了那尊紅龍與巫女的石像可以保佑良緣。這個部分似乎是火雷神大人透過獨門管道拜託戀愛的神明灌注咒力進去的樣子。

還杜撰了原本無法並存的存在——龍與巫女相愛的故事。女生就是喜歡這種故事。

這些做法讓神社變得人氣鼎盛。販賣護身符和神符的地方擠滿女客人。雖然不具備能量景點的功能，不過多虧了石像也能成為觀光名勝吧。

不、不過背後有惡魔的協助似乎有點那個……不過這裡的神明和神主都很滿意，算是皆大歡喜吧？

朱乃學姊也和其他女生一樣摸了那尊石像。不知道是不是我多心，總覺得巫女石像看起來很像朱乃學姊……正當我如此心想時，朱乃學姊笑容滿面地對我說：

「相信我的願望一定也會實現。呵呵呵。」

當天朱乃學姊一整天的心情都非常好。

Life.5 女孩們的夢幻搭檔戰

某天下午。

我吃完午餐之後在社辦裡休息時，小貓和——蕾維兒板著一張臉出現在我身邊。

她們一開口就這麼說：

「……一誠學長，我們有事想拜託你。」

「請陪我們進行特訓！」

事情來得太過突然——

「……咦？」

當時的我只能這麼回答。

希望我陪她們進行特訓——

兩個學妹對我這麼說的時期，是蕾維兒開始在我家寄宿，也已經習慣轉學到駒王學園之

後的生活的時候。

於是來到下一個假日。她們的特訓就此開始。

憑藉吉蒙里家的財力，在暑假經過澈底大改造的兵藤家變成地上六樓、地下三樓的大豪宅，其中地下一樓有著寬敞的訓練室，我和小貓、蕾維兒三個人就在那裡集合。

換上駒王學園制式體育服的小貓與蕾維兒氣勢十足，對著訓練室裡的沙包出拳。

「……那隻狼人和蜥蜴人。」

「絕對不能放過！」

兩人眼中都燃燒著憤怒之火，不斷毆打沙包。

兩人不但找我幫忙特訓，還這麼怒火中燒是有理由的。

事情發生在前幾天。小貓表示她在從事惡魔的工作受到召喚時，準備締結契約的人類對她出言挑釁。

「妳和我的朋友，不知道誰比較強？」——這樣。

特別的是——對方是使役魔物的男性「魔物駕馭者」。

而且他還是駒王學園的網球社社長，同樣是魔物駕馭者的安倍清芽學姊的堂兄弟，不禁讓我覺得世界真的很小。

安倍學姊的堂兄弟是想測試跟隨他的獸人(lycanthrope)——狼人以及蜥蜴人的實力，才會召喚這個城鎮的惡魔，也就是我們吉蒙里眷屬。

那名男性魔物駕馭者大概曾經聽堂姊妹安倍學姊提過我們的事吧。

而碰巧回應他的召喚的人正好是小貓。

當事人小貓受到召喚之後似乎被說了相當難聽的話，回到社辦時難得氣得一臉猙獰。

之後又發生了一些事，小貓對抗魔物駕馭者使役的獸人的戰鬥就這麼拍板定案。

安倍學姊為她的堂兄弟失禮行為向我們道歉，但是咱們的大姊姊只是簡單表示：「也好，感覺很有趣，就讓他們打吧。」一笑置之。

我們的主人還是老樣子，對於挑戰是來者不拒呢。

——於是小貓決定接受挑戰。她氣勢十足，並且充滿鬥志到散發壓力的地步。

「……那個魔物駕馭者使役的狼人……竟然說我是矮子貓、有貓臭味……還有尿騷味……！絕對饒不了他！看我一拳在他的腹肌上打出洞來！」

加強語氣的小貓使盡全力，對準沙包揮出拳頭！

沙包的固定器就這麼被打壞，沙包飛得老遠，撞上牆壁！

……小貓的力氣還是這麼誇張！我用肉身接下那種拳頭的話肯定一拳ＫＯ！

「正是如此！小貓同學說得一點也沒錯！那種狗狗和爬蟲人就該燒掉！」

在小貓身旁，背上長出火焰翅膀的蕾維兒也用力打著沙包。

感覺得到她的氣魄，但是力量比起小貓就差了那麼一點——不對，是差滿多的。沒、沒辦法，蕾維兒是重視魔力的法師型。若是論力氣當然比不上小貓。

只是外表可愛的她卻有著不死之身的特性。幾招花拳繡腿的話根本無法打倒蕾維兒。

好了，這時候就會產生一個問題，為什麼連蕾維兒都要進行特訓？

理由……該怎麼說，大概是因為她太過雞婆吧。

「這樣一點也不優雅。」

聽到小貓的遭遇之後，蕾維兒一開口就這麼說。

被人挑釁就要動手，這對於在貴族世家出生長大的蕾維兒而言似乎是種低劣的行為，而且在知道對方連惡魔都不是之後，甚至還說根本不需要出手。

……我們吉蒙里眷屬一向是有人找麻煩就奉陪到底，不過這對蕾維兒來說是兩回事吧。

我個人是單純覺得過意不去。不好意思，我們眷屬都這麼衝動……原則上我們好歹也是上級惡魔的眷屬！

總之得知事情的原委之後，蕾維兒親自找上那個魔物駕馭者，並且向對方表示：

「我的同學是鼎鼎大名的吉蒙里家的眷屬，沒有那個閒工夫可以和你們幾位戰鬥，何況針鋒相對的行為更是一點也不美。我這次過來是想請你們看在我這個菲尼克斯家長女的面子上，取消這個『和惡魔一較高下』的委託。不知你們意下如何？」

我當時沒有在現場目擊，不過可以輕易想像蕾維兒一定是不改高傲的態度，用吩咐下人的語氣開口的吧。

然後對方的回答則是——

「哼，有鳥屎臭的烤雞女孩囂張什麼！」

「啊——有鳥臭味。而且還有烤焦的臭味。」

於是蕾維兒遭到狼人與蜥蜴人最嚴重的侮辱回來了。

她的表情比小貓還要憤怒，剛回到家就在背後燃起熊熊烈焰說道：

「……把狗狗和蜥蜴整隻拿去烤似乎也是種樂趣……！」

如此這般，總是愛鬥嘴的蕾維兒和小貓達成共識。兩人組成搭檔，發誓要和狼人及蜥蜴人決一勝負。

「……這是我們的委託，妳不要多管閒事。」

「妳說什麼！我可是為了小貓同學才這麼做的！無論如何，我肯定要把那隻狼人和蜥蜴人整隻烤熟！」

儘管不停鬥嘴，兩人高舉的拳頭卻是強而有力。

好了，言歸正傳。陪她們練習的人——是我。

「總而言之，先來場對打練習吧。呃——妳們誰要先上？」

「「當然是我先！」」

兩人異口同聲開口……好吧，只能耐著性子陪她們練下去了。

陪她們練習之後，我發現幾件事。

「……以刺進去的角度出拳！」

帶著拳套的刁鑽拳擊朝我襲來。我手中的靶子傳來響亮的打擊聲與衝擊。

首先是小貓。身為「城堡（rook）」的小貓理所當然以力量見長，也很擅長關節技和摔技。我不知道那個狼人和蜥蜴人有多強，不過只要能夠拉近距離還是小貓比較有利吧。

「火焰魔力是我家的特性，更是象徵！」

接著是蕾維兒。或許是因為她是上級惡魔菲尼克斯家之女吧，魔力方面果然非常優秀。一方面也是因為得到「主教（bishop）」棋子的大幅強化，發出的火焰魔力十分強大。如果這間訓練室的構造不夠堅固的話，現在早就發生火災了。

而且最重要的是蕾維兒有不死之身——受了傷也會立刻恢復。只要精神——內心沒有受創，就可以持續戰鬥下去……我在對付萊薩時也因為不死之身吃了不少苦頭……

蕾維兒應該也陪哥哥參加過幾場職業賽吧。實戰經驗不算少才對。

……不過聽說她在遊戲當中很少行動，多半都是保持旁觀……好像是萊薩盡可能避免讓她遇到危險的局面還是怎麼的。

好，我掌握她們各自的能耐了。問題就在兩人是否能夠搭配——作為搭檔是否能夠克敵制勝。

「戰鬥是二打二對吧？那麼理所當然地要考慮到兩個人同時應戰的狀況。妳們同時對我出招看看。」

變成禁手鎧甲狀態的我一邊抑制力量一邊對兩人開口。

兩人點了點頭，一鼓作氣衝了過來——

「……礙事。」

「啊，等一下！妳才是不要跑到我前面好嗎！」

蕾維兒展開火焰翅膀準備上前之時，小貓剛好擋住她。

兩個人都想先出招，就這麼錯失第一波攻擊的時機。

……一點默契都沒有。兩個人都只想著自己要先上，所以才會搭不起來吧。

平常的小貓絕對不會這樣，或許是因為搭檔是蕾維兒的緣故吧，她總是會爭先恐後。我想蕾維兒也一樣。

……嗯——如果說了她們就會乖乖聽話的話，不知道有多輕鬆。她們兩個到底能不能在

短時間內成為能夠配合的搭檔呢……

「…………」

這時小貓一直盯著偏頭思索的我。

「嗯？小貓，怎麼了嗎？」

「……雖然說是我們拜託學長幫忙的，可是學長投入這件事情的態度實在比平常認真太多了……」

……在感謝之餘，小貓顯得有些懷疑。

……她、她還是一樣敏銳！不對，沒有這回事！

我乾咳了一聲，認真地對小貓說道：

「那是當然。小貓和蕾維兒可是我的寶貝學妹。不管對方是狼人還是熊人，我的學妹可不能輸給那種傢伙！我隨時都會盡我所能提供協助！」

聽到我加強語氣的說詞，只見蕾維兒帶著閃閃發亮的眼睛表示：「不愧是一誠先生！」顯得相當感動。

——然而小貓只被說服了一半，臉上依然露出懷疑的神情。

就像我剛才所說，我是真心協助她們。可愛的學妹有事相求，我怎麼可能斷然回絕，可以肯定絕對會不遺餘力地協助。

……不過小貓懷疑的眼神也不算錯。

之所以這麼說，是因為關於這件事，其實安倍學姊交代過我……

不知是否因為安倍學姊對小貓和蕾維兒的實力沒有深入了解，她對堂兄弟麾下的狼人和蜥蜴人的力量有些顧忌。

「……即使塔城小貓同學和蕾維兒・菲尼克斯小姐是惡魔，面對那對獸人搭檔也有可能陷入苦戰。兵藤同學，請你以赤龍帝之力支持她們。另外雖然稱不上為這次的失禮致歉，不過我願意為兵藤同學介紹使魔的門路。」

安倍學姊是這麼對我說的。老實說，我不覺得小貓和蕾維兒對付那兩個獸人會陷入苦戰，不過使魔的門路太誘人了！

使魔！我還沒有使魔呢……該怎麼說，雖然我經常碰上強敵，但是在這種地方卻還是個菜鳥惡魔……

既然有這麼好的機會，順便取得使魔也不錯！介紹可愛的魔物女孩給我吧！──我原本想這麼說，但是過於勇猛的雪女和長腳巨大魚類的人魚掠過我的腦海。

沒錯，安倍學姊關於魔物的品味相當糟糕。不，其中雖然也有上半身是美少女下半身是蛇的拉米亞大姊，以及手臂是翅膀的哈比美眉，但是我接觸到的全都是不像人，造型只能用魔獸來形容的魔物。

與其一開始就期待那些美少女魔物而受到傷害，我寧願刻意選擇實用類型的！

所以我從一開始就提出要求。

——幫我介紹會融化女生衣服的史萊姆，以及喜歡女性分泌物的觸手。

沒錯，我想要的是過去與我死別的知心好友——史萊太郎與觸手丸的替代魔物。

呵呵呵，史萊次郎、觸手右衛門，你們給我等著。我們再過不久就可以見面了！

然後成為我的使魔之後，你們可得盡情發揮作用！我們要盡情融化女生的衣服，儘管用觸手讓她們變得黏黏滑滑！

「……學長果然在想色色的事吧？」

小貓斜眼看著我。

不愧是小貓大小姐，還是這麼嚴格！不過請放心吧！我不會把史萊次郎牠們用在小貓身上！反正用了也只會被殺掉！

「哈哈哈哈！別管那種事，繼續練習吧，小貓、蕾維兒！狠狠打倒狼人和蜥蜴人吧！」

我硬是轉換心情對著兩人開口！

「……也罷，這倒是沒錯。」

「那當然！」

說來說去，兩人還是氣勢十足地和我進行對打練習。

於是我為了挽回那天的損失，從早到晚陪著她們兩個練習。

決戰當天的深夜——

我、小貓、蕾維兒三個人聚集在指定的地點——駒王學園的體育館。

體育館中央已經設置方型擂台，甚至連播報席都有。

『好的，地獄貓與菲尼克斯女孩的搭檔現在登場了！擔任場邊助手的是赤龍帝兵藤一誠！另外，今天的主播由我，米迦勒大人的A(ace)紫藤伊莉娜擔任——！請大家多多指教！』

拿著麥克風嗨到不行的是伊莉娜！妳在幹什麼啊！

『我是賽評潔諾薇亞。今天請多多指教。』

『我是同樣擔任賽評的安倍清芽。今天由我負責講解魔物的部分。』

潔諾薇亞和安倍學姊和伊莉娜一起坐在播報席！

另外也準備了觀眾席，但是只有幾個人坐在那裡。話說大家準備得這麼周全，到底有多期待小貓她們這場戰鬥啊！有擂台有播報席還有觀眾席！太應有盡有了吧！

另外原來我是場邊助手喔！完全沒聽說！我只是陪她們練習而已！

「今天我負責加油。」

「受了傷我可以治療。」

木場和愛西亞在觀眾席揮手！他們打定主意就是要來觀戰嘛！

『至於莉雅絲小姐和朱乃小姐和羅絲薇瑟老師今天有事沒辦法過來，敬請見諒！』

伊莉娜如此補充說明。啊，大姊姊們今天沒來啊。

不過除此之外的眷屬全到了……哎呀？少了一個熟面孔讓我不禁感到懷疑。

阿加那個傢伙不在。小貓和蕾維兒既是朋友又是同班同學，她們戰鬥時阿加應該會第一個趕到才對……是不是感冒了？

正當我如此心想時，體育館的照明熄滅，舞台亮起鮮豔的絢麗雷射光並噴出白煙。

『啊——！在地獄貓與菲尼克斯女孩之後登場的，是完美(perfect)獸人隊！』

隨著伊莉娜的播報，有著野狼的頭部與身型的人型魔物，以及有著蜥蜴的頭部與特徵的人型魔物就此登場。

「嘿嘿嘿——！我們來欺負矮子貓和小鳥妹啦——！」

「蜥嚕嚕嚕嚕嚕！今天可要玩個痛快蜥——！」

原來如此，他們就是對小貓大放厥詞的狼人和蜥蜴人啊。看長相就覺得不是什麼好東西，放話也像是壞蛋會說的台詞！

不過這年頭會「蜥嚕嚕嚕嚕嚕」笑的蜥蜴人好像非常珍貴！

他們身後有個體型消瘦、眼神凶惡的男人。

「……呵呵呵，我的朋友怎麼可能輸給區區的惡魔。」

啊啊，那就是安倍學姊的堂兄弟吧。長得一副個性很差的樣子……

兩對搭檔登上擂台……這是職業摔角吧。看起來越來越像職業摔角了。原來這次決鬥是採用職業摔角形式……

介入兩對搭檔之間，出現在擂台中央的——是戴著眼鏡的巨乳女裁判。

「我是擔任裁判的真羅椿姬。也是學生會的副會長。」

副會長！為什麼跑來當裁判！

觀眾席上的木場一臉過意不去地表示：

「因為必須有人擔任裁判，我又想不到人選……所以只好找學生會商量，結果真羅學姊表示願意幫這個忙。」

「既然木場同學有事相求……不，既然是和我們關係密切的吉蒙里眷屬有事相求，身為學生會副會長的我當然應該站出來。今天就交給我吧。」

瞧她眼鏡閃了一下反光說得很帥氣的樣子，我看她肯定是因為開口的人是木場，才會願意幫忙吧！

也、也罷，這樣可以當成學生會承認這次決鬥，算是得到最低限度的許可吧？

裁判檢查兩對搭檔之後，一個清亮的鑼聲響起，比賽正式開始！

我擔任小貓和蕾維兒的場邊助手，在擂台旁邊觀察兩人的戰鬥。

小貓和蕾維兒脫下披在身上的外套。底下的服裝——小貓穿著舊式學校泳裝，蕾維兒則是縫了荷葉邊的可愛職業摔角服裝！

首先開打的是小貓——以及狼人！

「嘿嘿嘿！我要在妳心頭刻上野狼的可怕！」

好老套的台詞！那個狼人的壞蛋路線樣板到令人害怕！

小貓毫不退縮地正面迎擊，揮出足以令空氣嗡嗡作響的拳頭。

狼人靈活地躲過拳頭，以野狼特有的敏捷動作在擂台上奔跑。速度相當快啊。我是有辦法應付，不過能力不足的惡魔可能對付不了。

在擂台上跑了一陣子之後逮到一個死角，朝著小貓撲過去！來自左後方的攻擊！

但是小貓似乎也對他的攻擊有所掌握，側身躲過對手的衝撞，並且在閃躲的同時朝對手使出中段踢！

「喲！」

狼人原地一個側翻，躲過了這一腳！果然不是蓋的，單論動作的話是很出色。

『啊──！狼人先生的速度相當快呢！就連這招攻擊都閃過了！』

『說到狼人自然會想到以速度見長。聽說轉生為惡魔「騎士(knight)」的狼人，速度還會變得更快。』

伊莉娜和安倍學姊如此解說。的確，那個速度要是搭配上「騎士」棋子，想必應該是天衣無縫吧。

「接招吧，小矮子！」

在躲過攻擊的同時，狼人以利爪為武器襲向小貓──但是他的攻擊對於以固若金湯的防禦為傲的「城堡」沒有任何意義。

利爪的攻擊沒能在嬌小的身體上留下半點傷痕！

「……嘖！臭貓還真硬！」

狼人嘴巴不饒人。雖然能夠躲過對手的拳腳攻擊，但是自己的攻擊也起不了作用，似乎讓他有些焦躁。

『啊──！小貓小姐的防禦力還要在狼人先生的攻擊力之上！』

『嗯，小貓的防禦力十分驚人。是因為我們對付的敵人都非常棘手，所以大家很容易認為她的防禦很薄弱。』

伊莉娜和潔諾薇亞如此解說。

若是攻擊能夠命中對手，小貓應該會贏吧。對手或許隱藏了什麼不為人知的招式，但是即使是這樣，似乎也不足以凌駕小貓的攻擊力和防禦力。

只要讓對手跑個不停消耗對手的體力，小貓就贏了！因為只要抓準對手動不了時攻擊即可！他果然不是小貓的對手！

小貓似乎也認知到這一點，沒有什麼大動作，而是一點一滴逼近，對狼人施加壓力。

再這樣下去就贏了！

雖然我是這麼想的，但是對方的場邊助手——魔物駕馭者似乎也掌握了這一點，對著狼人大喊：

「町田先生！換生島先生上場比較好！再這樣下去只會被慢慢耗到輸！」

男子對著狼人開口。町田先生！那個狼人……姓町田嗎！蜥蜴人則是……生島先生！

以前遇見的魔物也都是日本名字！為什麼魔物的世界會這麼和風啊！

「蜥嚕嚕嚕嚕嚕！還小家子氣地換什麼人啊，兩個人同時進攻就好蜥——！」

擂台邊的蜥蜴人才剛這麼說完就衝上擂台！

啊，太卑鄙了！沒有擊掌換人就上擂台！

「嘖！沒辦法了！總比一直被壓著打來得好！」

名叫町田的狼人也接受蜥蜴人生島的主意，兩人同時攻擊小貓！

「休想得逞！」

這時蕾維兒也張大火焰翅膀衝上去！她站到小貓身旁，迎戰狼人與蜥蜴人的搭檔！

「被稱為火鳥、鳳凰，以及不死鳥的吾等一族！你就親身承受業火，燃燒殆盡吧！」

說出和哥哥萊薩一模一樣的台詞，蕾維兒全身上下冒出火焰！

「別想出招蜥——！」

蜥蜴人生島的腹部異常鼓起，將湧上來的東西吐了出來！

猛烈吐出的玩意直接噴到蕾維兒臉上！

「……討、討厭——這是什麼啊！黏答答的——！」

有黏性的膠狀物質直擊蕾維兒的臉！臉沾到蜥蜴人吐出來的東西似乎讓蕾維兒頓時戰意全消，剛才的猛烈火勢就此消失！

「蜥嚕嚕嚕嚕嚕！有破綻——！」

只顧著清理嘔吐物的蕾維兒腹部中了蜥蜴人犀利的踢擊——但是受傷的地方立刻燃起火焰，隨即變得彷彿什麼事都沒發生！

「這、這點攻擊才打不倒我！但、但是，這些黏液～」

真不愧是菲尼克斯。不上不下的攻擊立刻就能恢復。不過剛才的嘔吐物似乎還讓蕾維兒比較厭惡。

……說不定因為嘔吐物而累積的精神疲勞倒下的可能性還比較高……我有點不安。

「不許你再繼續搗亂！」

擔任裁判的真羅學姊看不下去想插手——

「少囉嗦蜥——！眼鏡妹閉嘴蜥——！」

蜥蜴人也對著真羅學姊的臉噴出嘔吐物！連眼鏡都被噴飛了！

「……啊嗚嗚……黏黏的，眼鏡在哪裡……」

真羅學姊當場趴倒在地找眼鏡！哎呀，那位學姊沒了眼鏡就會變成那種模樣嗎！雖然反應很老套，我還是覺得很可愛！

「生島！就用那招！我要動手囉！」

「蜥嚕嚕嚕嚕嚕！好蜥——！」

獸人搭檔似乎事先套好了招，聚集到同一個地方！

狼人町田抓住蜥蜴人生島的雙腳，擺出巨人摔的架勢！

「看招，這就是我和生島的合體必殺技！」

「嘔吐炸彈！蜥嘔——嘔嘔嘔嘔！」

狼人抓著蜥蜴人開始轉圈！被抓起來甩的蜥蜴人嘴巴張得老大——然後氣勢十足地朝著四面八方噴出膠狀嘔吐物！

他吐出來的東西……那種膠狀物也沾到我身上！

『啊——！好一招骯髒——不對，是凌厲的合體攻擊！來，潔諾薇亞、安倍學姊，還請撐傘。』

『嗯，謝謝。再怎麼樣我也無法接受這招。』

『……那種攻擊一點也不美。』

看來播報席的反應非常差！說得也是！這種嘔吐物不但黏稠，還有股腥臭味！

觀眾席上的木場和愛西亞因為有木場迅速應對而逃過一劫，維持清潔的狀態。

「……這場比賽真是爛透了。」

揮開噴到身上的嘔吐物，小貓的表情不爽至極。看似鬥氣的氣焰也從全身上下滲出！

「嗚啊啊啊啊，我絕對饒不了你們！」

淚眼汪汪的蕾維兒也熊熊燃起憤怒的火焰。然而大概是因為被吐得滿身的緣故，火焰有點不太穩定。看來受到相當大的精神打擊。從小到大都是貴族的掌上明珠，這種髒東西攻擊應該讓她很難忍受吧。

雖說這招攻擊很沒品，不過對付實力在自己之上的小貓和蕾維兒，他們已經打得很好了。正當我如此感到佩服之時……

「……我、我吐不出來惹——……暈頭轉向……快不行惹——……」

看來主攻的蜥蜴人頭暈眼花，身體消瘦，一副快撐不住的樣子！對、對喔，他不但要一直吐還要被抓起來轉，對於自己的耗損肯定也不小！

撐過那波就各種意義來說都非常骯髒的攻擊後，可以說是情勢逆轉了吧！

就差一步了！正當我如此心想之時，魔物駕馭者便露出無所畏懼的笑容。

「哼哼哼。看來差不多是該動用那個的時候了。」

男子邊說邊彈了一個響指。

接著黑子從角落現身，把某個東西放在擂台中央——那是一個紙箱。

小貓、蕾維兒和我都感到懷疑。不過雖然只是隱約這麼覺得，但是我們在某種程度上都心裡有數。沒錯，因為那傢伙今天還沒有出現——

小貓提心吊膽地打開紙箱。裡面——

「……我、我沒辦法再吃更多蒜頭了——……」

是被大量蒜頭淹沒的加斯帕！

看到這一幕的男子露出挖苦的笑容：

「呵呵呵，我事先邀請了那個聽說和妳們很要好的吸血鬼少年過來。聽說他正在一步步克服吸血鬼害怕的蒜頭，我覺得很有意思，就請他挑戰極限了。身為魔物駕馭者，這讓我收集到相當有趣的資料。」

真是陰險的傢伙！居然抓住阿加做出這種事！這、這些傢伙也太閒了！讓阿加挑戰吃蒜頭的極限是怎麼回事！那傢伙試圖克服吸血鬼的弱點蒜頭，已經努力到多少可以吃的程度，但是再怎麼也吃不了那麼多吧。

看見倒在紙箱裡的加斯帕，狼人町田笑著說道：

「呼哇哈哈哈哈！我最討厭吸血鬼了！活該！雖然我也很討厭蒜頭就是！」

只見狼人捏著鼻子！然後蜥蜴人在他身旁默默地趴倒在地！

「……蜥……嚕嚕嚕嚕……」

喂喂喂，你的搭檔看起來快不行了耶！

然而魔物駕馭者沒有理會這件事，繼續大喊：

「沒錯！違抗我們就會落得這種下場！哈哈哈哈！看好了，埋在蒜頭裡的吸血鬼可謂絕望至極吧！好了，妳們儘管害怕吧！貓又和不成材的菲尼克斯就由我們來打倒！」

這傢伙太亂七八糟了吧！

他想必是覺得對小貓她們的夥伴做出很過分的事，可以藉此將恐懼和絕望烙印在她們的心上吧。所做所為雖然小家子氣，就惹怒別人來說倒是很有效。

至於我那兩個學妹——別說是感到恐懼和絕望，反而是憤怒到全身發抖。

小貓抱起埋在蒜頭底下的加斯帕。

「……竟敢對我重要的朋友做出這種事……」

她以充滿殺意的眼神看向狼人和魔物駕馭者。

「……剛轉學到這間學園時，教室裡第一個向我搭話的人就是加斯帕同學。夠了，我要把你們燃燒殆盡——」

蕾維兒的火焰翅膀燃燒得比之前都要猛烈，帶著強烈戰意的視線射向對手！

「嘿嘿嘿嘿！有意思！妳們散發的壓力相當不錯嘛！那我也該認真——」

原本樂在其中準備應戰的狼人說到這裡便戛然而止。

理由非常簡單。因為蕾維兒全身上下散發的氣焰與火勢籠罩整個擂台。

接著小貓的身體也發出耀眼的氣焰，舉起拳頭！

「「絕對要打倒你們！」」

小貓、蕾維兒同時吶喊的瞬間，體育館裡充滿火焰及鬥氣——

『獲勝的是！地獄貓與菲尼克斯女孩隊！』

隨著伊莉娜的播報，一陣「鏘鏘鏘——！」激烈鑼聲宣告戰鬥結束。

目睹加斯帕的悲劇之後，小貓與蕾維兒解放認真起來的氣焰，讓體育館化為有如地獄的景象。裡面全部燒成一片焦黑。這下子之後的修復工作應該很辛苦吧……

播報席的三個人、觀眾席的木場、愛西亞、裁判真羅學姊，還有我都迅速採取因應措施，但是擂台上的獸人搭檔以及魔物駕馭者毫無防備地挨了兩個高一生施展的火焰和鬥氣攻擊，就這麼倒在地上。

「好吧，我認真起來就是這樣。」

「……理所當然的結果。」

蕾維兒和小貓在擂台中央宣示自己的勝利。兩人沒有多說什麼，來了一個勝利的擊掌。

嗯，到頭來她們還是一對好搭檔！話說這是理所當然的結果吧。她們兩個的能力都很優秀，勝利也是理所當然的事。

不過這或許是相當有趣的一戰。她們兩個並肩作戰可是罕見的景象。

「小加，我幫你報仇了。你安心長眠吧……」

「加斯帕同學的死絕對不會白費！」

兩人對著紙箱流淚。

「……我、我還活著……」

紙箱裡傳出這樣的聲音……不過先不管了。

「好了，既然知道自己鬧過頭了，就快點回家吧。你應該稍微認清現實了吧？不要隨便

找惡魔的麻煩。再說憑你那點使役技巧，根本無法發揮魔物的力量。」

「好、好的……」

安倍學姊毫不留情地讓堂兄弟認清現實。

啊，對了！我們說好的！

我迅速前往安倍學姊身邊，在她耳邊說道：

「……學姊！我們說好的！怎麼樣？」

聽到我的問題，學姊表示：「喔喔，那個是吧，」想了起來，在懷裡找了一下。

接著拿出來——兩個玻璃盒子。

「你要的史萊姆和觸手就在這裡……哎呀。」

只見玻璃盒子上面有裂痕，裡面的東西……都變焦炭了！這、這該不會是……！

「看來是剛才的攻擊讓玻璃盒子裂開，把裡面的魔物燒個精光了。我自己是成功防禦住了……是我的疏忽。」

妳、妳、妳……

「妳說什麼————！妳、妳是說剛才小貓和蕾維兒的力量害得史萊次郎和觸手右衛門戰死了嗎！」

驚人的事實讓我為之驚愕，眼珠都要迸出來了！

真的假的！連見都沒有見到，就得迎接死亡將我們分開的結局嗎！

太沒天理了！為什麼我和牠們這麼沒有緣分！

——我只是想和牠們一起過著充滿情色的生活而已啊！

「……史萊次郎？」

「……觸手右衛門……？」

抖……感覺到背後傳來難以言喻的壓力……

我戰戰兢兢地轉過頭去，看見一臉凶神惡煞的小貓和蕾維兒——！

「學長，這是怎麼回事？你為什麼在和安倍學姊談論魔物的事情？那是情色魔物的屍體對吧？」

「……情色魔物……？……一誠先生？難不成你願意陪我們進行特訓的理由是……」

面對兩人緩緩逼近，我只能步步後退，同時開口辯解！

「這、這是有原因的，妳們聽我說！不是！我陪妳們兩個進行特訓真的不是因為在動什麼歪腦筋……！」

「「不理你了！」」

這一天，我深刻體會她們兩個是多麼契合的搭檔——

可惡！下次我一定要得到史萊三郎和觸手之助！

Life.6 小知的反擊

「雷誠！使用雷擊！」

愛西亞氣勢如虹地做出指示。

「嘎——」

一身藍色鱗片的小龍從口中發出雷擊——

這是一名年輕的使魔訓練家與一隻使魔的成長紀錄。

這是我們和北歐勢力那件事結束之後的事。

事情是從一封邀請函開始的。

「哎呀哎呀，莉雅絲。我們收到這種東西喔。」

朱乃學姊拿來一個信封。社長接過之後確認了一下。

「已經是這個時期啦。」

社長邊說邊打開信封，拿出裡面的東西。

看著手上的幾張文件，社長嘆了一口氣。

「我完全忘記了……今年要不要參加呢？」

如此表示的社長將信封裡的文件放到桌上。

……什麼？那是什麼文件？參加？放棄？對此感到懷疑的人有我、愛西亞、潔諾薇亞、伊莉娜。社長、朱乃學姊、木場、小貓、加斯帕好像都知道文件的詳情。

「不好意思——社長，冒昧請教一下……那份文件是什麼？」

我這麼詢問社長。身旁的愛西亞也跟著不住點頭。

社長拿起文件，把內容翻過來讓我們看。

「這是邀請函。每年一度在冥界各地舉辦大會。」

「大會？」

我繼續問道。於是社長在手邊「砰！」變出她的使魔紅蝙蝠。

「沒錯，是用彼此的使魔較勁的大會。每到這個時期，就會在冥界各地舉辦大會。各個上級惡魔名家每年都會收到大會的邀請函。要參加也行，要觀戰也可以。」

社長如此為我們說明。

喔——是使魔較勁的大會啊！原來還有這種活動！

朱乃學姊在一旁笑道：

「呵呵呵，我和莉雅絲在好幾年以前就參加過了。戰況還挺激烈的喔。」

社長和朱乃學姊也參加過啊。

「我也參加過。」

「……我也是。」

木場和小貓也是嗎！我開始對大會產生興趣了！我記得木場的使魔是鳥系魔物，小貓的是白貓。朱乃學姊是把小鬼當成使魔吧。

……只有我到現在都還沒有使魔。

「使魔啊，我也沒有呢。」

潔諾薇亞看著社長的蝙蝠開口。這麼說來這傢伙也沒有吧。

羅絲薇瑟不知道怎麼樣……？她原本是女武神，不知是否有使役類似的魔法隨從。她目前和阿撒塞勒老師一起出席放學後的教職員例會，所以沒辦法問個清楚就是了。

「惡魔給人最強烈的印象就是使魔！我們天界也經常請各種動物提供協助就是了。」

伊莉娜不住點頭。

「加斯帕也有使魔嗎？」

我開口詢問阿加。

「姑、姑且有……不過我自己可以進行偵查，所以使魔可能不像大家那麼活躍。」

對了，這個傢伙也有吸血鬼的身分。自己變成蝙蝠就可以進行偵察之類的行動。

愛西亞也在手邊變出藍色鱗片的小龍——雷誠。

這隻高等稀有龍族——蒼雷龍(sprite dragon)的小寶寶是愛西亞的使魔。現在大小還只有可以抱在胸前的程度，但是長大之後會變成十幾公尺的怪獸，真是令人驚訝。

「嘎——」

……牠的叫聲和眼神依舊那麼囂張。正當我一邊斜眼看著牠一邊思考時——

「嘎——」

隨著這個叫聲，一道雷擊朝我飛射過來！

嗡喀喀喀喀喀喀喀！

電流竄過我的全身，讓我整個人嚴重麻痺！

「嗚哇——————！」

……只有我挨了雷擊，全身焦黑……這個傢伙還是一樣會讀我的心……聽說雄性龍族討厭同性嘛……

「雷誠！不可以調皮搗蛋！」

即使愛西亞加以叱責，但是挨罵的小龍只是貼到主人胸口磨蹭撒嬌。

……該死的雷誠，電完我之後還享受起愛西亞的胸部！

「那麼社長，今年要怎麼辦？」

木場向社長確認參加大會的想法。

社長雙手抱胸，說聲：「這個嘛……」陷入沉思，然後看向愛西亞。愛西亞也因為社長突然注視自己而感到詫異。

社長用手指夾著文件說道：

「愛西亞，妳試著參加這場大會吧。憑妳的蒼雷龍或許可以拿到不錯的成績。」

愛西亞聞言顯得十分驚訝：

「我、我和雷誠……參加大會嗎？」

「是啊，這是個好機會，而且級別分得很細，妳就參加初學者級吧。凡事都是經驗。朱乃，可以拜託妳準備報名嗎？」

「哎呀哎呀，愛西亞和雷誠確實有機會拿到好成績——遵命，社長。」

兩位大姊姊就這樣擅自決定了！

「咦……咦咦咦咦咦咦咦咦！」

愛西亞把雷誠抱在胸口，驚叫出聲。

如此這般，愛西亞與雷誠確定要參加使魔大會。

話雖如此，突然要參加大會的愛西亞應該也很不安——

「不如特訓到大會當天為止！——就這麼決定了。這樣也比較好吧，愛西亞？」

「是、是的！麻煩你多多指教，一誠先生！」

我帶著愛西亞來到舊校舍後面。

「……我們來當助手。」

「當然了。」

「就是這樣！」

今天是假日，所以小貓、潔諾薇亞、伊莉娜也陪同參加。社長和朱乃學姊似乎有事要辦所以無法陪我們進行特訓，但是寫好了特訓計畫，由小貓擔任教練按表操課指導愛西亞。

「……大會有很多種競賽項目，不過這次要參加的大會項目大致分成兩種。障礙物競賽——以及使魔對使魔的戰鬥。」

小貓豎起兩根手指如此說明。

大會相當簡單明瞭嘛。障礙賽和戰鬥！

「總之最重要的就是和使魔的默契。」

聽到我這麼說，小貓也點頭稱是。

小貓仔細看著社長交給她的特訓用計畫表。

「……社長給的訓練課表也是以此為準。潔諾薇亞學姊、伊莉娜學姊，麻煩兩位負責障礙物。」

不過在小貓開口之前，潔諾薇亞和伊莉娜已經搬了各式各樣的道具過來。

「有桿子和各種球類，韻律體操用的圈等等。」

「我還拿了跳繩用的繩子過來！可能還需要平衡木吧？」

用來當障礙物的道具啊。先從這些開始應該可以吧。

於是我們立刻開始特訓。

「雷誠，要開始嘍！」

愛西亞告訴懷裡的雷誠。雷誠飛了起來，看著小貓輕輕拋出的排球——然後躲開。

「不對。必須成功接住球，或是回傳給主人才行。」

小貓立刻點出問題。

「……那隻小龍平常都浮在空中，所以我想應該會參加飛空型使魔的競賽才對。這樣一來評審會看牠在空中的行動，如果只是飄浮的話將會扣分。」

的確如同小貓說的那樣。只是飛在空中稱不上什麼競賽，分數大概會一直變少吧。

「雷誠！和我一起努力吧！」

「嘎——」

小龍如此回應堅定表示的愛西亞……不過牠的叫聲還是讓人搞不懂想表達什麼。真搞不懂到底有沒有打算要努力。

之後愛西亞不停開口修正，雷誠面對障礙物的動作也慢慢變得越來越好，一個小時之後已經可以完全按照愛西亞的想法行動。

牠已經能在事先設置的桿子之間穿梭飛行，也可以順利把球回傳給愛西亞，然後也學會鑽過圓圈了。

這傢伙學得很快嘛！不愧是龍族的小孩，真聰明。

這樣一來，剩下的就是——

「障礙物看來沒問題了。再來就是戰鬥吧？」

潔諾薇亞佩服地說道。

是啊。我也覺得差不多可以進入下一個項目。

因應我們的意見，小貓也在手上變出她的使魔白貓。

「……讓牠和這隻小白戰鬥看看吧。」

小貓與小白站到愛西亞與雷誡的面前。

「……戰、戰鬥這種事……我還不清楚自己有沒有辦法順利控制雷誡……而且雷擊會害得小貓的小白受傷。」

愛西亞顯得有些不安。愛西亞的心地太善良了，大概是擔心自己在戰鬥中是否能夠好好駕馭自己的使魔吧。而且老實說，她大概也不想讓雷誡戰鬥。畢竟這個孩子善良到連對手的使魔都會擔心。

或許是察覺這樣的想法吧，小貓以強而有力的眼神看著她。

「……愛西亞學姊，我知道妳對使用雷誡戰鬥感到猶豫，妳的心情我可以理解。但是使魔有時候必須挺身保護主人。出去偵查時，使魔也需要足以保護自己的力量。所以我覺得讓牠擁有一定程度的實力比較好。更何況我的小白也沒有柔弱到被電一下就會受不了，一定會在雷擊命中之前就閃開。」

喔喔，沒想到小貓居然會說出這麼熱血的發言……

這時小貓忽然露出苦笑。

「……以前的我也像愛西亞學姊一樣，對於使喚小白感到猶豫，剛才那些就是當時社長對我說過的話。」

——唔。

這樣啊，小貓以前也和愛西亞一樣有過使魔的煩惱吧。當時社長也用熱情加以說服。她剛才說的那些話，我想也算是社長對愛西亞說的吧。

所以社長才會把今天這一天交給小貓負責。

面對小貓強而有力的話語……愛西亞不久前還充滿迷惘的眼睛燃起鬥志的火焰。

「我明白了。說得也是。雷誠，還有我也是，我們必須一起變強！小貓！拜託妳了！」

振作氣勢的愛西亞終於帶著雷誠和小貓與小白展開對峙！

於是雷誠對小白的對決就此開始。

「雷誠！使用雷擊！」

「……小白，閃躲。」

雷誠的身體發出光芒，對著小白施展雷擊。然而小白輕快地躲過那招。原來如此，那隻白貓的動作很快。

「……小白，看到破綻就攻擊。」

面對高速移動的小白，雷誠似乎光是用眼睛追蹤就費盡全力。之後雷誠一露出破綻，就中了小白的衝撞攻擊。

潔諾薇亞見狀不禁感嘆說道：

「就算使魔是那麼小隻的貓，只要運用得當也可以打到那種地步啊。我都開始想要使魔

了。真想使役強大的魔物戰鬥啊。」

……很像滿腦子只有力量的潔諾薇亞會有的想法。

不過看見這種場面，我也想要使魔了。話說總有一天必須得到使魔才行，只是……

「你們兩個不去收服使魔嗎？」

伊莉娜提出這個問題……

「我是有那個打算，只是多半都會碰上很慘的狀況然後全部泡湯……」

我只能回以聳肩嘆氣。

……啊啊，融化衣服的史萊姆和吸食女性體液的觸手……這就是我想要的靈魂夥伴。但是追求牠們就會害死牠們。這已經是命中注定了。

——只能責怪命運的捉弄，導致我和牠們是無法並存的關係。

「呵，眼淚都冒出來了。」

感到一陣心酸的我，眼角不小心閃現淚光。潔諾薇亞和伊莉娜頭上冒出問號……這麼說來她們還沒去過使魔森林吧……我對那片森林的回憶只有心酸。

「雷誠！啊嗚嗚，先閃躲再使用雷擊！」

愛西亞與雷誠正在努力奮戰。

我拉回不小心飄向使魔的思緒，決定先專注在看顧愛西亞她們這件事。

如此這般，到了大會當天。

我們吉蒙里眷屬使用魔法陣轉移到冥界，來到位於某個地方的巨大圓頂會場。

「我們在觀眾席加油。」

以社長為首的夥伴們向我和愛西亞說了一聲，就在會場通道和我們分開。

我是以愛西亞的助手身分陪同。聽說每位選手最多可以帶一名助手。於是我成了代表眷屬的小幫手。老實說，我覺得對於愛西亞而言，應該由其他擁有使魔的成員一起過來比較好，不過因為是她本人如此要求，所以才會由我擔任。

登記完初學者級的報名之後，我們便前往會場。競技會場裡已經擠滿這次參加的訓練家以及各式各樣的使魔。從會飛的魔物到巨大魔物應有盡有！也有可愛的使魔，還有看起來很可怕的使魔。

喔喔，大家當成使魔的生物相當五花八門呢。或許可以成為今後的參考！不過我還是比較想要色色的魔物，或是女孩魔物！

「啊嗚嗚，人好多喔。」

愛西亞看見這麼多人顯得有點畏縮，至於最重要的雷誠——

「嘎——」

倒是和平常沒什麼兩樣。也許這個傢伙不知道什麼叫緊張。

『接下來先從障礙物競賽開始。』

會場廣播響起，我們便往那個方向移動。

競技非常單純。在評審的指示下，挑戰設置在會場裡的障礙物。除此之外，還有自由使用準備的道具表演給評審看的項目。

「啊啊，不是那樣！」

「不、不對！不是那邊，過來這邊！」

許多訓練家在指示使魔時顯得猶疑不決。

或許因為是初學者級吧，命令使魔時有點不踏實的惡魔還不少。

在這些人之中——

「雷誠！傳球給我！」

「嘎——」

「雷誠，鑽過這個圈！」

「嘎——」

愛西亞與雷誠展現超群的搭檔默契！

「那隻小龍完全依照主人的吩咐在行動呢。」

「而且還是稀有的蒼雷龍！……真虧她有辦法使役。」

他們也成了會場裡其他使魔訓練家的矚目焦點。一方面也是因為雷誠很罕見，不過能夠順利使役雷誠的愛西亞似乎也讓人相當印象深刻。

照這樣看來，我應該派不上用場吧……正當我如此心想時——

「這不是好色惡魔嗎！」

總覺得聽到一個熟悉的聲音，於是轉頭一看——

「收服成功了！」

便看見使魔大師小知先生！好、好久沒見到他了！

「好久不見了。小知先生也來參加大會嗎？」

身為使魔大師的這個人出現在初學者級應該很稀奇吧？正在我這麼想時……

「我原本不可能參加初學者級，只是覺得讓這傢伙第一次出來見個世面應該正好。」

小知指向自己的腳邊。

他指示的地方——有個散發七彩光芒的膠狀物體！還在不停蠕動！是史萊姆嗎？

「這傢伙是我最近發現的稀有史萊姆！名字就叫彩虹史萊姆！」

小知一邊擺姿勢一邊為我說明。完全依照外觀取名嘛。

「這種彩虹史萊姆是只會在特定時間、地點出現的魔物喔。我再多透露一些，調查之後的結果，這個傢伙的體力、攻擊力、防禦力、特殊能力、速度，每一項的數值都很高！我很期待今後的繁殖成果，真的是非常傑出的優秀史萊姆！」

這、這樣啊……看來他依舊有著強烈的堅持……

「如果和那隻蒼雷龍在戰鬥時對上的話，彼此都要拚盡全力喔！——記得幫我轉達金髮美少女！那麼祝你收服成功！」

說完這些話的小知帶著史萊姆離開了。

……總覺得有種不祥的預感……

『愛西亞．阿基多選手與雷誠搭檔，搭檔默契十分出色！』

我在嘆氣的同時，聽見愛西亞的精彩表現。

障礙賽結束之後，進入戰鬥競技的部分……

「——我就知道果然會變成這樣。」

在比武台旁邊觀望的我瞇著眼睛忍不住嘆息。

上了比武台的愛西亞與雷誠的對手——

「收服成功了！看來我們就是這麼有緣！」

是小知與彩虹史萊姆的搭檔！

該怎麼說……早就料到了！面對這個對戰組合我只能這麼說！剛才見面的那一剎那我就感覺到不好的命運！

「雖然對手是可愛的小姑娘，但我可不會手下留情喔！」

身為使魔大師說這種話也太幼稚了！

『對戰開始！』

宣告開始的廣播響起，設置在會場裡的好幾個比武台同時開始戰鬥！其他選手們都已經開始對戰了。

於是愛西亞對小知的比賽就此開始！

「彩虹史萊姆，就決定是你了！先使用火焰！」

小知對史萊姆做出指示！

史萊姆的身體從七彩變成紅色，然後噴出火焰！

「快閃躲，雷誠！」

聽到愛西亞命令的雷誠輕巧地在空中閃躲。然而小知搭檔已經準備下一招！

「接下來使用冰之攻擊！」

彩虹史萊姆由紅變藍，這次是讓比武台結冰！由下往上長出來的冰柱試圖擊落雷誠！

雷誠連這招也躲過了，但是……那隻史萊姆不只會吐火，還可以從身上製造冰塊！這時小知發出「哼哼哼」無畏的笑聲。

「這隻彩虹史萊姆擁有火、冰、風、土、雷、光、暗七種屬性，以史萊姆系而言是罕見的全能選手！而且各種屬性的抗性也都是掛保證的強！連蒼雷龍的雷擊都可以擋下來！」

竟有這種事！那隻史萊姆居然有那麼多屬性嗎！看來體色是隨著屬性變化吧。

……而且還具備雷擊的抗性。對於雷誠而言是很棘手的對手。閃躲能力是我們比較有利……但是戰鬥拖久的話就不太妙！

「雷誠！使用雷擊！」

愛西亞也做出指示……但是對手的史萊姆的體色變成黃色，挨了雷擊之後看起來也沒有受到明顯的傷害……大概是強化對雷擊的抗性吧。完全被克制了！

「啊嗚嗚……我、我該怎麼辦……」

愛西亞不禁苦思接下來該如何攻擊。

這種時候只能先觀察情況等待對手露出破綻——正當我想這麼建議愛西亞時，小知已經在我之前發號施令！

「好了，差不多該分出勝負了！彩虹史萊姆，使用黑暗攻擊！」

聽到他的指示之後，史萊姆的身體變成黑色！總覺得這個型態有種詭異的討厭氣場！

變成黑色的史萊姆噴出漆黑膠狀物。雷誠輕易躲過那個攻擊——然而被牠躲開的膠狀物卻飛出比武台，噴到隔壁的比武台去了。

黑色膠狀物就這麼黏在隔壁比武台的女性訓練家身上。

「這、這是什麼……？」

女訓練家一臉疑惑地想撥開膠狀物……然而衣服卻在慢慢融化！

接著只見她的衣服全部溶解，變成全裸————！

「不、不要啊————！」

女訓練家的尖叫聲響徹會場！豐、豐滿的胸部露出來見人！我已經儲存在腦中了！

話說那種膠狀物是怎麼回事！那就是暗屬性的攻擊嗎？暗、暗屬性也太讚了吧！明知這樣很失禮，我還是忍不住眼睛閃閃發亮，然而小知本人卻是露出困惑的表情。

「嗚、喂！我是叫你使用黑暗攻擊！為什麼會噴出融化衣物的液體？」

看來這對小知而言，似乎是出乎預料的行動。原來那隻史萊姆也有融化衣物的能力啊。

如果他繁殖成功的話，我也想要一隻那種史萊姆！

接著史萊姆開始在沒有指示的狀態擅自噴出膠狀物！

而且膠狀物——還沾到愛西亞身上！

「呀！……啊嗚嗚，衣、衣服融化了！」

愛西亞的衣服逐漸融化！

可愛的愛西亞正在我的眼前面臨全裸的危機——！不、不可原諒！

正當我忍不住準備爬上比武台幫助愛西亞時——眼前是散發異樣氣焰的小龍身影。

大量的電流在嬌小的身體各個角落流竄，雙眸充滿憤怒與戰意！

——也許是主人遭受攻擊，讓雷誠的憤怒達到頂點！

「嘎——！」

平常叫聲不帶感情的雷誠發出怒吼！那隻小龍發出讓這個比武台的所有人都瞬間受到震懾的力量！

然後雷誠對著史萊姆使出繚繞在全身上下的極大雷擊！

嗶喀喀喀喀喀喀喀喀喀喀！

強大的雷擊不只籠罩彩虹史萊姆，甚至差點吞噬整個比武台！

雷光平息之後，原地只剩下——被電得焦黑的史萊姆。

「OH NO! 彩虹史萊姆啊——！」

小知變得有如孟克的「吶喊」似的大受打擊。

……那隻史萊姆即使被電得焦黑還是不住抽動。好強大的生命力！

不過應該無法戰鬥了。中了剛才的強烈電擊，看起來似乎還活著反而讓人覺得很厲害。

真不愧是稀有度和能力都很高的史萊姆……

話說回來，受到池魚之殃的我也一樣渾身焦黑！

至於這場比賽——

『愛西亞．阿基多選手與雷誠搭檔獲勝！』

是由愛西亞獲得勝利。

「第一次出場就獲得大會綜合第三名很厲害喔，愛西亞、雷誠。」

日後，社長在社辦稱讚愛西亞他們。

在那之後大會繼續進行，最後愛西亞在初學者級獲得綜合第三名的出色成績。

雖然後來聽說社長和朱乃學姊也在大會拿過前幾名，儘管如此，愛西亞的表現依然非常傑出！

「是的，謝謝社長！這全都是雷誠的功勞。對吧？」

「嘎——」

被愛西亞抱在胸前的雷誠也對主人撒嬌。嗯嗯，愛西亞和雷誠都很棒。

有朝一日我也想參加使魔大會。如果小知的那種史萊姆繁殖成功，我就跟他要一隻……

呼嘿嘿！

「……就算一誠學長得到情色史萊姆，肯定也活不了多久。」

小貓說得斬釘截鐵！

「說得也是！」

改天會不會發現具備不死之身屬性的史萊姆呢！

我用力地如此祈求。

Life.7 男友這週要偷腥？

「……一誠。」

「……看起來好像很開心的樣子。」

「……學長果然不把學妹看在眼裡呢。」

「…………這不是真的……這是幻覺……」

社長、愛西亞同學、小貓、朱乃學姊都是一臉陰沉，聲音顫抖。

在我——木場祐斗面前對話的人，是帶著前所未見的緊張神情與羨慕眼神的幾名女性吉蒙里眷屬。

大家躲在鎮上的電線桿和遮蔽物後面，目不轉睛地注視前方。我們正在追蹤一對男女。

那對男女——正是我們的夥伴兵藤一誠同學，搭配駒王學園女學生的組合。

沒錯，一誠同學正在和一個與在場的吉蒙里女性眷屬沒有直接關係的女生約會。這對吉蒙里女性眷屬而言想必是個大問題。

事情要稍微回溯至不久之前。

在校慶以及對抗塞拉歐格・巴力的遊戲結束那時候。

有一次社辦裡只有我和一誠同學兩個人，他忽然對我說道：

「吶，木場……女生有好多讓人搞不懂的地方。」

他一邊嘆氣一邊開口。當時我完全以為他是因為不久之前才彼此表白心意的莉雅絲社長而嘆氣。

然而據我所知，他們沒有吵架，兩人之間更沒有任何問題。一誠同學的發言讓我稍微感覺到困惑。

……難不成是他和其他神祕學研究社女生之間出了什麼事嗎？

神祕學研究社裡面全都是對他有好感的女生。

在一誠同學救了自己之後便由衷仰慕他的——愛西亞同學。

在一誠同學的協助下克服傷心往事的——朱乃學姊。

害怕自己的力量時經由一誠同學的鼓勵而得到勇氣的——小貓。

一開始是為了實現變成惡魔的自我慾望而色誘一誠同學，不知不覺因為接觸到他的溫柔而打從心裡仰慕他的——潔諾薇亞。

不知道是為了天界還是為了自己，又或者是騎虎難下，喜歡一誠同學的理由始終讓人搞不太懂的——伊莉娜同學。

在一誠同學打倒自己的兄長的模樣當中找到理想英雄形象的——蕾維兒小姐。

還有對於賭上性命保護自己的一誠同學真心傾注愛情的——莉雅絲社長。

喜歡一誠同學的女生非常多。他自己似乎也隱隱約約察覺到社長以外的女生也在對自己示好……

只是他好像還沒有足以充分回應那些好意的氣概。

身為一個想成為後宮王的人，他還無法展現出應有的風範。不過要說這樣才有他的風格也沒錯。轉生為壽命堪稱永久的惡魔之後，定下成為後宮王的目標，要是半年左右就完全達成的話，大概會因為目標太早達成導致對今後的期待大減吧。

我的劍術師父（當然是惡魔）曾經說過，人類轉生的惡魔總是活得太過急躁。既然有近乎永久的時間，要是為了盡快達成目標而躁進的話，剩下的時間就會多到不可思議，令人不知道該如何是好。雖然不到燃燒殆盡症候群的地步，卻也容易導致缺乏情緒起伏。慢一點也沒關係，一點一滴好好享受生活，這才是轉生惡魔比較聰明的做法。

關於這點我也能夠理解。但是看著一臉色眯眯地不停暢談夢想的一誠同學，我就不禁覺得他即使實現目標也不會燃燒殆盡，很快就會找到下一個方向吧。

或許正是因為他給人這樣的感覺，那些女生才會被他吸引也說不定。和一誠同學在一起一定會發生開心的事──就連我都這麼覺得。

言歸正傳，一誠同學找我商量這件事時……當時的我是這麼回答他的。

「我不知道你在煩惱誰的事，不過只要和那個人更進一步交談，或許就能夠理解喔？你也知道，女生就是喜歡聊天，光是聽對方說話就有助於提高你們對彼此的理解。」

聽到我的意見，他用力點了一下頭表示：「嗯，原來如此。」之後就離開社辦。

當時我還心想「他是不是被社長罵了啊？還是愛西亞同學不知道受到誰的影響，對他說出什麼意料之外的話呢？」之類的狀況，和平地想像他們的互動。

然而──

過了兩天之後。在除了一誠同學與小貓以外的社員都聚集在社辦時，小貓一臉陰沉地登場了。

看她的樣子不太對勁，大家全都嚇了一跳，於是由社長代表大家問道：

「妳怎麼了，小貓？怎麼會帶著那種表情走進來……出了什麼事對吧？」

看見小貓的神情，我們都很擔心。畢竟她可是我們的可愛學妹。平時的小貓面無表情，讓人難以捉摸她在想什麼，而這樣的她居然會露出那麼憂鬱的表情……可見是發生了什麼非常嚴重的事吧？

小貓微微開口，輕聲說道：

「……一誠學長，和不是我們社團的女生聊得很開心。」

聽見這句話，第一個有所反應的人——是朱乃學姊。

手上的托盤連同茶杯一起掉落在地，發出劇烈的聲響。剛才還是一如往常的微笑表情，現在突然變得極為陰沉，甚至虛脫無力癱坐在地，一副大受打擊的樣子。

其他女生的反應雖然不到這麼激烈，卻也都嚇到說不出話來。

莉雅絲社長長嘆一口氣，端著杯子的手不住顫抖，不過依然保持冷靜反問小貓：

「……所、所以……那個女生是……？」

社長，妳的聲音也在發抖喔。這已經是相當不知所措的表現了。社長為了維持表情而拚命想要平心靜氣，但是心中想法實在不得而知。畢竟社長和一誠同學才剛對彼此表白自己的心意而已。

小貓以消沉的聲音再次開口：

「……是二年級的……加茂忠海學姊。」

加茂忠海——是我也認識的女學生。她是我和一誠同學的同班同學，是這個學園當中少數知道惡魔的存在（我們和西迪眷屬）的學生之一。

我記得她應該是來自陰陽師家系。據說她本身也對陰陽術頗有心得，自己也有在做些除靈之類的業務。我還聽說她之所以來到由惡魔掌管的這所學園，也是因為想和我們建立關係，另外就是「因為好像很有趣」的好奇心使然。

在校園生活中並不是很起眼，基本上都是融入一般學生之中……

聽到小貓說出加茂同學的情報，社長嘆了口氣：

「……我知道她。她是陰陽師的家系吧……可、可是為什麼會和一誠在一起……？」

社長不禁感到疑惑。這時潔諾薇亞起身放話：

「說得再多都不如證據有力！我們去逮個人贓俱獲！這下……肯定是偷腥沒錯！」

這句話讓所有神祕學研究社女生都站了起來，在小貓的帶領之下，全體離開社辦。

……只剩下我和加斯帕留在房間裡面面相覷。

「……祐斗學長，我們也跟去比較好吧？」

「是啊，總之先追上去再說。而且我也有點興趣。」

我想他應該不會做出逾矩的事才對……只是這個事態有點有趣。

在小貓的帶領之下，我們來到的地方——是舊校舍腹地的外圍。是我們也很少接近的邊緣地帶。從整個駒王學園來看，也是邊陲中的邊陲吧。這裡樹木叢生，就連白天的氣氛也有點陰暗。

我們幾個人一邊消除氣息，一邊靜靜走著——只見前方出現一個比較寬闊的地方，一對男女靠著一棵樹談笑風生。

男方當然是一誠同學。綁著一條長辮子的女學生便是加茂同學。她有著一對鳳眼，四肢體態纖細，而且果然和一般學生不一樣，沒什麼破綻。

一誠同學和她都對異能有涉獵，只要稍微洩漏一點氣息可能就會被他們感應。所以我們盡可能消除氣息在一旁觀察。

小貓使用仙術徹底消除自己的氣隱藏身影開口：

「……剛才我在過來舊校舍的路上，感應到一誠學長的氣息不是前往社辦，而是過來這邊，所以跟來看了一下……然後就看見他和加茂學姊在一起……」

不愧是擅長仙術的小貓。不過感覺她靠聞味道也會發現就是了。

最近越來越擅長這樣隱藏氣息的社長和朱乃學姊只是默默注視前方的男女。

「……為了不讓朱乃她們察覺而練習的隱身術，沒想到會在這種時候派上用場……」

「……哎呀哎呀，我也越來越習慣這種躲藏方式了。在某種程度上甚至可以應付小貓的仙術……」

她們兩位學會了相當不得了的技能。據說是「少女的戀慕之意」讓她們辦到的……姑且

不論學會的方式是否屬實，如果那招能夠活用在實戰當中，身為技巧型的我應該能夠輕鬆一點……然後雖然事到如今多說無益……我有時候會覺得吉蒙里眷屬的各位沒有好好利用自己的能力。

我也看向一誠同學他們。

一誠同學和加茂同學──兩個人有說有笑，看起來相當愉快。至於對話的內容……正由聽力很好的小貓和略懂讀脣術的朱乃學姊加以掌握。

「……如何，小貓、朱乃？」

社長詢問她們。只見她們……表情變得更加鬱悶。

「……他們在聊興趣還有平常在做什麼，諸如此類的話題。」

「……一誠從來沒有和我聊過喜歡的漫畫和電影。」

小貓和朱乃學姊都大受打擊，聲音為之顫抖。看來一誠同學和加茂同學似乎正在聊些剛交往的情侶會聊的事。

愛西亞同學聞言伸手掩著嘴巴，淚眼汪汪。

「……啊嗚嗚，一誠先生居然丟下莉雅絲姊姊和我們，和別的女生聊得那麼開心……不、不對，這一定有什麼誤會。可是可是，會不會是一誠先生厭倦我們了……嗚嗚嗚！主啊，我到底該如何是好？」

潔諾薇亞則是摟著愛西亞同學的肩膀，看著遠方說道：

「妳仔細看清楚了，愛西亞。那就是所謂的『偷腥』。那傢伙平常口口聲聲說自己沒人愛，現在倒是拋下我們偷偷交往得很順利嘛。也罷，或許這就是我們喜歡的男人不為人知的本性吧。那傢伙的魅力確實不同凡響。有女人對他心動也不足為奇——」

潔諾薇亞輕聲說個沒完。聽她說的這些話，也不知是在稱讚一誠同學還是在損他。

至於身旁的伊莉娜同學則是——

「一誠就連陰陽師都追得到啊。好、好厲害。要是放在平常，就算被當成惡靈解決也不奇怪。」

嗯，與其說是嫉妒，不如說是有點讚美的意思。在某種層面上，是不是應該當她陷入混亂了呢？

「……我是排第幾個呢？」

蕾維兒小姐一邊曲指計算一邊認真思考……姑且說聲我能理解好了，蕾維兒小姐。

「我聽說過比起超級型男，會說話的男生更受女生歡迎而且經驗人數也比較多。說不定一誠也是那種類型。總覺得有點不太純潔。」

不知何時趕到的羅絲薇瑟小姐也在一旁開口。

然後，我們的「國王」社長的反應則是——

不知道嘆了第幾次大氣之後，靜靜地開口：

「……這就是偷腥嗎？沒想到才剛交男朋友就會立刻碰上這種場面……沒有做好心理準備讓我有點驚嚇。不過我可是吉蒙里家的繼任宗主，因為這點小事動搖的話將來可是會受不了。總而言之，晚點稍微問一下再說吧。」

社長雖然還是有點疑惑，但是至少在傾心一誠同學的女生當中，是最早恢復冷靜的一個。社長的強勢發言聽起來還是那麼可靠，讓依然難掩動搖的女生們紛紛跟著「嗯、嗯。」點頭同意。

……看見這一幕，讓我覺得稍微窺見吉蒙里家未來的生活。原來如此，看來無論遇到什麼事，能夠指揮眾女的都是社長吧。

—○●○—

當天晚上——我和加斯帕不知為何到兵藤家打擾。

平常我和加斯帕都住在一誠同學家附近的大樓。只有發生什麼大事才會在深夜拜訪。

……現在確實是出大事了。至少對女生她們來說。

一誠同學睡著之後，社長和愛西亞同學溜下床，來到兵藤家樓上的空房間。包括我和加斯帕在內，神祕學研究社的社員們都在這裡集合。除了一誠同學和阿撒塞勒老師以外的所有人都在這裡。

女生在空房間中央圍成一圈坐下，等待社長率先開口。

「明天，一誠會外出──自己一個人。」

聽見這句話，女生們全都異口同聲表示「太可疑了」。接著便熱烈地交換各種意見。

「……大家都好認真。難得看見大家討論得這麼專心……」

加斯帕在我身邊如此低語。

我和加斯帕決定在遠離那圈人的房間角落觀望這場女生聚會。老實說，我覺得沒有我們也不成問題，但是潔諾薇亞表示：「這是吉蒙里眷屬──不，是神祕學研究社的大事。你們理所當然要參加會議吧？」就這樣半強迫地把我們叫來。

我想今天晚上我和加斯帕就以觀摩的形式參與就好了吧。一誠同學是眷屬的精神支柱，這確實是件大事……但真相是否真有那麼嚴重還很難說。諸多疑點尚待釐清。

社長接著表示：

「剛才啊，我故意在床上問他。『你是不是有什麼事要告訴我？』」

「他怎麼回答？」

伊莉娜同學興致勃勃地發問。

和社長一起在床上聽到這段對話的愛西亞同學沉著臉說道：

「……一誠先生只是回答什麼也沒有。」

大家聞言紛紛表示「這樣太奇怪了」、「肯定有所隱瞞！」等等。

「回話的時候，一誠沒有看著我。那肯定是有事瞞著我。關於這點我很清楚。最明顯的就是床上的他沒有看我的胸部，而是移開視線，這樣根本不像他。太不自然了。」

社長彷彿談論丈夫的妻子一般邊點頭邊開口。

朱乃學姊帶著虛弱的憂鬱表情喃喃說道：

「……因為對象是莉雅絲和愛西亞以及住在這裡的女生，我才能感覺到偷情的樂趣。可是不知道為什麼，知道他和神祕學研究社女生以外的人相好之後，我頓時覺得好難過……好不甘心……原來我是這麼會嫉妒的女人……」

朱乃學姊在對自己的變化感到困惑之餘，還是說出真實感受。其他女生也大表贊同：

「我懂！」、「妳的心情我很能理解！」是、是這樣啊。因為我是男生，對於這個部分有點不太能夠感同身受。

——這時，有個人開門現身。

「事情我都聽說了。終於連人類都開始看上那傢伙啦，可惡。」

阿撒塞勒老師大步走了進來……他是從哪裡聽說這件事的？他一直都在偷聽嗎？不對，

就算是這樣，他又是從哪裡開始聽……墮天使的總督還是一樣神出鬼沒。

老師擠進小圈圈裡對著女生說道：

「——妳們太大意啦。不過這沒什麼，男人一直吃同樣的東西總是會膩的。無論是麵包還是愛情都是這個道理。就是偶爾會想偷吃不一樣的東西。」

老師口沒遮攔的發言讓朱乃學姊和羅絲薇瑟小姐柳眉倒豎，一臉不太開心的樣子。

「阿撒塞勒，不要把我們的愛和食物混為一談好嗎？」

「就是說啊，阿撒塞勒老師！像你這種寡廉鮮恥的總督不配談論愛情！」

然而老師只是嘆氣搖頭，斬釘截鐵地說道：

「處女說什麼都沒有說服力。這時就該傾聽建立過無數後宮的本大爺的意見——」

老師的話還沒說完，已經被社長用紙扇巴頭。社長嘆口氣，鄭重其事地告訴大家：

「明天一誠出門之後，我們就跟蹤他。雖然很老套，但我想這是最好的解決辦法。妳們想想，這個世界的太太也會為了掌握丈夫的偷腥現場而僱用偵探吧？道理是一樣的——我們只能親自行動、親眼目睹才能判斷。質問一誠等到真的逮到之後再說也不遲。」

所有女生都點頭附和社長這番話……看來肯定只有社長能指揮這群娘子軍了。現在的社長看起來比討論排名遊戲和戰術時還要耀眼。

……一誠同學，比起戰鬥和比賽，吉蒙里眷屬的女生似乎是在對你愛恨交加的時候最能

發揮實力喔。

就不能想辦法將這股能量活用在其他地方嗎——旁觀的我如此心想。

—○●○—

隔天，在一誠同學出門的同時，我們也開始行動。為了避免被他察覺氣息，我們在跟蹤時非常小心……依稀記得朱乃學姊和一誠同學約會那時也做過類似的事……不過現在好像不該在意那個。

大家都經過變裝，避免在被看到時穿幫。社長甚至戴上黑色假髮掩飾最好認的紅髮……看來引以為傲的紅髮也不如調查意中人偷腥來得重要。這種很像年輕女孩會有的舉動，倒是挺讓人放心。

鎮上的咖啡廳。一誠同學坐在窗邊的座位。只見他不住東張西望，環顧四周，還不時確認時間。應該是在等待約會對象。話說回來他其實意外地冷靜。明明聽說他其實並沒有那麼習慣約會。

我們在對岸的暗處從外面觀察咖啡廳……因為人數很多，所以分成了好幾組。以調查偷腥而言，實在太多人了。

我和社長和愛西亞同學同一組，躲在建築物後面。

社長儘管保持鎮定，神情仍然隱約透露緊張；至於愛西亞同學則是打從一開始就七上八下靜不下心來。無論如何，兩位想必也是情緒緊繃等待對方到來吧。

如果沒有人過來當然是最好的，然而現實是殘酷的，一個女生——加茂同學來到一誠同學的座位。只見她穿著米色襯衫和黑色裙子。

兩人同席喝著茶聊了起來……一旁的社長和愛西亞同學的表情越來越暗沉。原本英姿煥發指揮神祕學研究社女生的社長親眼目睹一誠同學的偷腥現場，似乎也難掩大受打擊的反應。表情看來十分難受。

……我不知道你是因為什麼理由才和加茂同學一起喝茶，不過一誠同學，你這樣都有點不負責任吧……你們才剛對彼此表白心意，應該要為自己的行動負責才對……

正當我如此心想時，店裡的兩人已經離開座位，走出咖啡廳。看來他們打算換個地方。社長見狀，對著躲在其他地方的大家打手勢，繼續跟蹤兩人。

……這下事態會如何發展呢？

於是回到一開頭的地方。

走出咖啡廳的兩人就這麼在鎮上逛了好多地方，他們約會的狀況我們都看在眼裡。動漫

店、書店、女僕咖啡廳、詭異的骨董店。以約會地點來說相當偏門，不過在跟蹤他們的這段期間，女生們都對兩人投以羨慕及絕望的視線。

不過隨著持續跟蹤，聽力優秀的小貓和略懂讀脣術的朱乃學姊開始露出懷疑的表情。表情和不久前那種帶著嫉妒的悲壯神情不同。真要說來比較像是疑惑與好奇的樣子……

那兩個人的確有些不太對勁。因為每去一間店，加茂同學都會拿出筆記本做筆記。以約會而言是有點奇妙。

「……與其說是約會，比較像是……」

「……調查……」一誠學長還說了一些類似建議事項的事……」

朱乃學姊和小貓的語氣當中的懷疑成分隨之增加。

在我們跟蹤他們的約會（？）到了太陽準備下山之時。兩人來到鮮有人跡的地方。基於朱乃學姊和小貓的反應，社長還有其他女生開始發現他們並非在約會，而是另有隱情。

天色即將變暗，一誠同學與加茂同學抵達公園一角。

如果是不久之前的氛圍，在這種氣氛正好的時段，看見兩人來到四下無人的公園，女生們的心靈肯定會完全失去平靜吧。

然而如今情況大不相同。兩人並非男女之間的約會……

這個公園究竟會發生什麼事？正當我們在暗處觀望之時——

一個巨大的身影無聲無息地從陰影之中現身。開始點燈的公園電燈映照出來的——是個胸肌厚實，健壯的手臂可能比女性的纖腰還粗，並且穿著動畫「魔法少女銀彩」角色扮演服裝的巨漢……！

我也知道那個人。他是一誠同學的常客——小咪露！

一誠同學曾經認真地告訴我，他是個嚮往魔法少女、超乎常規的娘子漢。

……為、為什麼他會出現在這個公園裡……？更重要的是為什麼一誠同學以及加茂同學兩個人和小咪露展開對峙……？

在接連不斷冒出疑問的我們眼前，加茂同學指著小咪露說道：

「在這裡遇見我代表你氣數已盡！這次我要一雪前恥，小咪露！」

如此說道的加茂同學拉開自己的衣服，變成陰陽師經常穿著的「狩衣」打扮！我、我不覺得她那身衣服底下塞得下狩衣就是！

儘管事情的發展令人搞不清楚狀況，只見小咪露凶惡的臉上堆出深刻的笑容。

「陰陽師又來妞。小咪露之前就說過妞。不成氣候的陰陽師，不可能贏得過小咪露的魔法妞！」

小咪露從懷裡拿出看似魔法少女魔杖的東西，擺出架勢。巨大的手掌握著玩具魔杖——和魁梧的身軀相比，那根東西感覺和筷子沒兩樣。

加茂同學從懷裡拿出好幾張畫著陰陽師五行的符咒，對上小咪露！

發生在公園裡的——是「名為魔法的格鬥技」對「陰陽師的術法」之戰這種莫名其妙的事件！

咦……？這是怎麼回事？小咪露以魔法（只靠蠻力的拳頭）粉碎地面，加茂同學從符咒發出屬於五行的火、水等各種屬性攻擊……

我們頓時傻眼。社長在露出愣住的表情之後不忘重新調適心情，前往一誠同學身邊。

「一誠。」

「妳、妳怎麼會在這裡！話說大家都來了！」

看到社長現身，一誠同學顯得十分驚訝。看來我們的跟蹤非常完美。完全沒被發現。

社長一邊觀察娘子漢對上女高中生陰陽師的戰鬥，一邊問了一誠同學一句：

「這是……怎麼一回事？」

「這、這個嘛……」

一臉尷尬的一誠同學娓娓道來。

就在不久之前，加茂同學找一誠同學商量私事。是有關小咪露的事。

她最近不知道在哪裡碰見小咪露，一時興起決定一較高下，結果卻是慘敗收場。然後加茂同學耳聞一誠同學之前曾經介紹小咪露給松田同學和元濱同學認識，於是拜託一誠。

——告訴我有關小咪露的事！

聽到她的請求，一誠同學十分煩惱。到底該不該把自己的常客小咪露的事告訴她。然而加茂同學非常認真。還在修練武藝的她，原本應該和（除了我們惡魔等非人者以外的）強者對戰提升實力，竟然輸給蠻力魔法少女（男）的話，簡直是攸關加茂家存亡的大事。

「所以我和加茂同學詳談，也和小咪露商量，試圖摸索對雙方而言更好的結果。可是他們彼此都不讓步，最後在得到小咪露答應之後，今天向加茂同學介紹那些小咪露活力根源的事物。」

一誠同學如此說明。

「什麼叫看了漫畫、動畫，去過女僕咖啡廳親身體驗之後就會變強，簡直太不符合常識了！你這個假魔法莽漢！你的攻擊才不是什麼魔法，分明只是普通的格鬥技！」

說話意外難聽的加茂同學一邊從符咒發出火焰和雷電之類的攻擊一邊開口。

啊——原來如此，加茂同學是為了探究小咪露的行動原理，今天才會和一誠同學一起去動漫店和女僕咖啡廳啊。與其說是約會，其實只是一誠同學向加茂同學展露小咪露的祕密。

小咪露以不像魁梧身軀該有的輕盈動作躲過加茂同學的攻擊，不斷使出「魔法（拳頭）」。

「小咪露只是用提升力量的魔法在攻擊而已妞！這是貨真價實的魔法妞！難得小咪露好心答應惡魔先生可以把小咪露的力量祕密告訴陰陽師女孩，陰陽師女孩居然連這種事都搞不

懂，太窩囊妞！看吧，這招是挖地魔法妞！」

小咪露揮出的犀利拳頭力道在地面挖了一個大洞！

「那只是破壞力驚人的拳頭吧！」

加茂同學在吐槽之餘，也完全躲開豪邁的一拳。

……面對這個難以釋懷的狀況，大家都露出苦澀的表情。

「……我要回去了。」

「是啊，說得也是。總覺得很掃興。我也回去了。」

蕾維兒小姐和羅絲薇瑟小姐一邊嘆氣一邊離開現場。

「我要看完這場異種格鬥戰再走。體術對陰陽道的戰鬥很稀奇呢。」

「我也要看完再走！在這裡看完之後再向天界報告也不錯！」

潔諾薇亞和伊莉娜同學因為十分少見，決定觀賞這場戰鬥。

至於社長、愛西亞同學、朱乃學姊、小貓則是——

她們圍住一誠同學，先是狠狠瞪他一眼，然後四個人拖著他不知道要去哪裡。

「等等！等一下，妳們！怎麼了怎麼了！為什麼要把我拖走！話說妳們在生氣嗎？」

或許是稍微感覺到自己有危險吧，一誠同學開始抵抗。愛西亞同學露出可愛的生氣表情，朱乃學姊也在不改微笑表情的同時讓電流竄過全身。

「一誠先生害我們很擔心，所以我們有話要說！」

「就是這樣。我之前可是相當絕望呢。哪怕只有一點，也希望可以藉由愉虐重現當時的心情。」

「愛西亞，妳有什麼話要說！朱乃學姊，聽到愉虐反而讓我有點期待！」

小貓伸手比出看似招財貓的動作。

「……你見識過認真的貓拳嗎？害我們擔心要受罰。」

「小貓！妳想殺了我嗎！」

然後最後是社長——

「呵呵呵，雖然只是白操心，不過可以再次確認我對你的愛真是太好了。但是你這次可得稍微陪我們一下才行喔？」

被面露笑容的社長牽著手的一誠同學就這麼離開公園。

在依然打得火熱的娘子漢對決陰陽師女高中生的戰場旁邊，我和加斯帕面面相覷。

「加斯帕。回家路上找個地方吃晚餐吧？」

「好、好的，我想去有包廂的地方——！」

這次的騷動就此落幕。

後來聽說一誠同學在那之後和大家一起吃飯，並且在時間許可的範圍裡和女生們度過快樂的時光。

小咪露對加茂同學之戰——根據潔諾薇亞與伊莉娜同學的說法，最後是平手，決定擇日再戰……最近的娘子漢和陰陽師還真是充滿活力。

又一次社辦裡只有我和一誠同學兩個人的時候，我對著他說道：

「無論如何，一誠同學。不要做些奇怪的事，有狀況老實告訴大家比較好喔。」

「……是啊。也怪我思慮不周。哎呀——我只是不想讓大家和怪胎碰面嘛！加茂同學雖然漂亮，卻是個怪人喔。而且還是個戰鬥狂……」

一誠同學面露苦笑。可是還是不該讓喜歡你的人們擔心喔。

「不過這件事確實有點可惜。如果可以再多陪著加茂同學討論她的煩惱，拉近彼此之間的關係的話——」

一誠同學先是帶著色瞇瞇的表情開口，或許是忽然察覺背後傳來的氣焰，說到一半便閉上嘴巴。戰戰兢兢轉頭向後看——只見散發異樣氣場的神祕學研究社女生們站在那裡。

「……嗚嗚，一誠先生果然有那種想法！」

「……明顯心思不正。」

愛西亞同學淚眼汪汪，小貓也斜眼瞪著他。哎呀，好像被聽見了。

「呵呵呵，該怎麼處置呢，社長？」

朱乃學姊帶著發自內心的微笑詢問社長。社長一邊苦笑，一邊用手指輕敲一誠同學的額頭，然後說了一句：

「那麼我們再去餐廳一邊吃飯一邊聽一誠狡辯好了——一誠請客。」

「咦——！我、我請客嗎！可是小貓和潔諾薇亞那麼會吃！」

一誠同學為之驚愕。呵呵呵，辛苦他了。

看來一誠同學身邊的女生們一天比一天更有活力。不過這也表示現在有多麼和平。

今後我也會在一旁偷偷為你加油，等著看你能否成為後宮王。

在兵藤家

「好了，時間也已經很晚了。
我今天先就此告辭吧。」

「隨時歡迎過來。」

「謝謝。下次來的時候……
我想想。那個是叫排名遊戲吧？
我想觀賞那個。」

「觀賞排名遊戲？」

「沒錯。不是只有惡魔，
還有天使、墮天使、人類，就連神祇
也一起戰鬥，聽起來就很有意思。」

「那麼我們就集合大家，
準備一場觀戰大會好了。」

Life. Extra 祖先大人是搗蛋鬼？

事情發生在「地獄事變」——對抗以黑帝斯為中心的「地獄盟主聯合」之戰結束，情勢開始恢復平靜之時。

我們位於「兵藤一誠眷屬」的工作場所，也就是距離兵藤家步行十分鐘路程的補習班地下的辦公室。目的是處理惡魔的工作。

寬敞的室內大約有十五坪，裡面擺了好幾張辦公桌。我坐在辦公室最裡面的大桌子——可以說是主管桌或是總經理桌的位置，看著各種文件。

我一邊看文件，一邊瞄向一張眷屬辦公桌。

「…………」

蕾維兒坐在那裡一臉凝重地看著工作文件，並且時而操作平板電腦時而沉思。

她在處理惡魔的工作之餘，同時在看平板電腦上有關排名遊戲國際大會「阿撒塞勒杯」的資料。

我們「燚誠之赤龍帝」隊在排名遊戲國際大會正式賽打贏了第一輪晉級之後，蕾維兒一

直在摸索關於我們下一場比賽對手的應對方式、戰術、詳細資料等等。

下一個對手——「巴別・彼列」隊。是排名遊戲冠軍迪豪瑟・彼列的隊伍。

即使對上有神級成員的隊伍也能夠克敵制勝的絕對王者率領的隊伍——

只是畢竟是長久以來一直在排名遊戲的正規賽大放異彩的隊伍，數量龐大的比賽紀錄、擅長的戰術、各個隊員的能力等資料皆廣為冥界全境所知。

「巴別・彼列」隊的相關研究，長年以來早已有其他排名遊戲選手和專家提出各式各樣的意見，冥界販售的相關書籍更是不勝枚舉。

也因為如此，我們有一大堆光是要全部看過就非常耗時費神卻又很有參考價值的資料，情況和對付未知的敵人不一樣。如果是做過功課就可以輕鬆取勝的對手倒是很好，然而絕對沒有這麼回事。

因為即使有這麼多資料，還是有那麼多挑戰者打不贏——

……我也在看蕾維兒叫我看的「巴別・彼列」專書……不過最讓她煩惱的，應該還是別的事吧。

——目前我們隊上的「皇后(queen)」是空位。

之前一直是由戴著面具的女性維娜・雷斯桑——也就是葛瑞菲雅以「皇后」的身分為隊伍效力……但是在上一場比賽和莉雅絲隊打完之後，她便離開隊上。

葛瑞菲雅心頭的重擔、煩惱的心情有了變化，讓她決定暫時放下戰鬥，回到兒子米利凱斯身旁。

有關這件事，對於受到葛瑞菲雅多方照顧的我們而言也是非常值得高興的事，當然不可能挽留她。

也因為這樣，目前我們的「皇后」是空位。

下一場比賽的時間正在步步逼近。考慮到必須加入新的「皇后」，以及隊伍整體培養默契的訓練期間……時間已經所剩不多。

死神女孩班妮雅從蒼那學姊那邊轉過來，成為我的眷屬「騎士」。目前的想法是把她放進比賽隊伍中，然後從原本的隊員裡找人當「皇后」；或是從莉雅絲眷屬當中找人以「皇后」身分參戰。

爆華出去修練還沒有回來……

好了，到底該怎麼辦呢……

「「嗯——」」

我和蕾維兒都是一臉凝重，同時如此沉吟。

——這時設置在室內的轉移魔法陣發出光芒，是出去工作的英格薇爾德回來了。

因為她是新人，並且魔力過於龐大有失控之虞，原本還沒有辦法一個人轉移到顧客身邊，但是最近也開始獨自去找對方了。

不過這僅限於她也能夠處理的簡單工作。還有在英格薇爾德的魔力和身體狀況不是很好的時候，會像之前一樣請手邊沒事的成員陪她一起過去（對於委託人而言是來了兩個美少女，應該覺得很賺吧）。

打個呵欠之後，英格薇爾德把手上那盒應該是報酬、看起來很貴的甜點拿給我看。

「我回來了。我收到了甜點。」

我在收下甜點的同時出言慰勞她：

「喔，回來啦。辛苦妳了，英格薇爾德。在下一個工作進來之前待命就好。」

我雖然這麼說，她似乎對我正在看的書產生興趣，一直盯著看。

英格薇爾德說聲：

「那是最新版《皇帝(emperor)解體新書》嗎？就是依照各個時代解析迪豪瑟·彼列先生戰術的專書對吧。」

「咦？對、對啊，沒錯。妳知道這本書？」

她對驚訝的我點了點頭：

「嗯。我向蕾維兒借過幾本那種書。」

——原來是這樣啊。

她繼續說下去：

「冠軍的戰鬥方式，在每個時代都有微妙的不同，有時還會對孤注一擲採取克制戰術的對手加以反制……純粹是有些道理在遊戲以外的戰鬥也派得上用場，讓我覺得獲益良多。」

這樣啊，英格薇爾德主動調查過有關排名遊戲的事……

話說她可能比我還要了解冠軍吧……

英格薇爾德說道：

「我正在調查知名的上級以上的惡魔所擁有的『特性』。」

調查惡魔的特性啊。這麼說來，關於潔諾薇亞升上上級惡魔之後，成為她的眷屬的巴爾——巴爾貝里士以及薇麗妮，我們近期也要協助他們顯現特性……尤其是巴爾貝里士擁有出類拔萃的才能，要是和我扯上關係有可能走歪，所以不如交給塞拉歐格還有莉雅絲比較好。

嗯——到頭來狀況還是一樣，惡魔的工作也好、比賽的準備也好、別人請我幫忙的事也好、身為「國王」該學的事也好，我要做的事情實在太多，時間完全不夠……

今天的工作告一段落，出去工作的大家都回來之後，蕾維兒一邊看著手錶一邊說道：

「約好的時間快到了——我們和那位大人有約。」

沒錯，今晚還有一件重要的大事——

『排名遊戲國際大會的正式賽也來到第五場比賽！這場比賽要對上的兩支隊伍是號稱最強神滅具（longinus）的「黃昏聖槍（true longinus）」持有者！曹操選手率領的「天帝的長槍」隊！對手則是來自北歐神話勢力，傳說中的火焰巨人！史爾特爾選手率領的巨人軍團「黑」隊！人類與巨人的對決！好了，戰況將會如何發展呢！』

客廳電視上正在播放「阿撒塞勒杯」的錄影畫面。

住在兵藤家的人加上一名貴賓聚集在客廳裡收看曹操他們的比賽。只是這場比賽已經結束，我們也都知道結果。

那麼為什麼要這麼多人聚在一起，觀賞已經知道結果的比賽錄影——

電視上的曹操握著閃閃發亮的聖槍豪邁橫掃，撂倒了一個巨人。

看著這一幕，坐在紅髮莉雅絲身旁的另一名紅髮少女一邊吃點心，一邊喃喃說道：

「嗚——哇，真強。沒想到可以這麼輕易見識到『黃昏聖槍』。」

開口的人是——身穿駒王學園的女學生制服，一頭紅色場髮綁成披肩雙馬尾的美少女惡魔，第一代吉蒙里露妮雅絲．吉蒙里大人！

沒錯，今晚重要的約定就是和第一代大人一起觀賞比賽。大人說無論如何都想看排名遊戲的比賽——尤其是聖槍，所以我們正在和第一代大人一起觀看已經結束的對戰。在兵藤家的客廳裡——

第一代大人似乎完全進入放鬆模式，甚至脫下過膝襪。裸足超讚的。

對於和吉蒙里有關的人而言，第一代吉蒙里可是超越VVIP的貴客，所以我們一開始原本打算在樓上的貴賓室觀賞比賽——

「在客廳就可以了。別那麼誇張。」

——第一代大人這麼說了。所以我們才在客廳看曹操的比賽。

「露妮雅絲小姐，請用咖啡。妳要多加點糖和奶精對吧？」

我家老媽帶著和善的笑容，將剛泡好的咖啡遞給第一代大人。

「啊，麻煩妳了。謝謝～」

第一代大人面露微笑接了過去。

「呵呵呵，露妮雅絲小姐真可愛。」

老媽不著痕跡地對我說出這個感想。

……我們家老媽只知道第一代大人是莉雅絲的家人。原則上我有說明過了。確實是家人沒錯……只是血緣隔得有點遠。

畢竟她們是最早的宗主大人，以及最新的繼任宗主大人嘛……

『啊——！「黑」隊的「城堡」赫朗格尼爾選手一口氣撂倒了好幾個「天帝的長槍」隊

的「士兵(pawn)」選手！』

在傳說中的巨人的猛烈攻擊下，曹操隊上的「士兵」選手一一遭到淘汰。北歐巨人的攻擊還是那麼強大。

順道一提，「天帝的長槍」隊大會登錄隊員為——

・國王——曹操

・皇后——關帝（神級）

・城堡——海克力士

・城堡——康萊（神器(sacred gear)「闇夜的大盾(night reflection)」持有者）

・騎士——貞德

・騎士——珀爾修斯

・主教(bishop)——格奧爾克

・主教——馬爾西利奧「神器「幻映影寫(dreamlike curse)」持有者）

・士兵×8——前英雄派成員8名

以上。成員和以前沒有兩樣。

另一方面，史爾特爾率領的隊伍「黑」的大會登錄隊員為——

・國王——史爾特爾（火巨人之王）
・皇后——辛摩拉（史爾特爾之妻）
・城堡×2——赫朗格尼爾（霜巨人）
・騎士×2——赫拉斯瓦爾格
・主教×2——烏特迦德洛克（霜巨人）
・士兵——火巨人戰士（棋子價值2）4名

以上。成員都是強度窮凶極惡的傳奇巨人以及巨人戰士。隊員們在預賽當中豪邁地打飛各方勢力的隊伍。

『好！我絆住敵人了！海克力士！貞德！』

格奧爾克創造的魔法鎖鏈緊緊綁住兩個「士兵」火巨人，然後海克力士的爆破神器能力以及貞德變出來的巨龍趁機發動連攜攻擊，打倒巨大的巨人。

他們的對手「黑」隊以身為「國王」的史爾特爾為首，全體成員都是擁有二十到三十公尺巨大身軀的傳奇巨人。不過「士兵」火巨人就稍微小了點，體型只有十幾公尺。

『咱們上，格奧爾克。』

『好，曹操！』

已經變成禁手的曹操（背後冒出類似光環的東西）揮舞帶有龐大氣焰的聖槍，格奧爾克則是運用上位神滅具之一「絕霧（dimension lost）」的霧氣能力以及擅長的魔法展開多采多姿的攻擊，對上傳奇巨人也能確實造成傷害。

由於巨人們都是憑藉巨大身軀以及體型帶來的強大攻擊力的力量派打法，所以不擅長對付智取——也就是技巧派隊伍或是卓越的技巧型、術法型選手。

因此號稱最強人類候選之一的技巧派強者曹操，以及擅長魔法的格奧爾克應該是能夠克制對手的有利一方——一般是這麼認為。

只是……對手是強大到足以名列北歐神話的巨人。如果能夠輕易占到便宜，也就不用那麼辛苦了。事實擺在眼前，曹操打從比賽的開場（opening）就使用禁手。因為他很清楚若是有所保留，立刻就會被巨人們轟飛。

「天帝的長槍」隊上的神級選手——關帝也不落人後。他騎著紅毛巨馬，揮著青龍偃月刀對巨人確實造成傷害。

看著神滅具持有者，第一代大人不禁脫口說道：

「現在有十八種對不對？我每次醒來時，『神滅具』都會變多呢。」

原來如此，看在長期沉睡每過一段時間醒來的第一代大人眼裡，會有這種感想啊。

第一代大人一邊看著比賽影片一邊吃點心——仙貝，吃得喀滋作響。只是點心的袋子上面……印有木場的身影。

「第一代大人，妳在吃什麼啊？」

好奇的我詢問第一代大人。

第一代大人一邊把袋子拿給我看一邊回答：

「咦？這個？這個是吉蒙里領新出的點心，名叫『木場親貝仙』。好像是參考了名為仙貝的日本點心。」

這、這樣啊。吉蒙里領推出的點心，仙貝啊……

知道有這種周邊商品之後，木場表示：「……原、原來還出了這種東西……」顯得有些困惑。本人也不知道是吧……

也、也對，這麼說來我也差不多，冥界出了一大堆我不知道的胸部龍周邊商品。

「…………」

我無意間瞄到英格薇爾德，只見她認真地看著比賽。不久之前的她還會不時打盹，一副很睏的樣子……

蕾維兒輕聲對我說道：

（英格薇爾德小姐最近看了很多排名遊戲的紀錄影片。就連一誠先生過去的比賽也看了好幾次。）

——唔。

……這樣啊。連我們過去比賽的紀錄影片都看了好幾次啊。

在此同時，電視上的比賽影片仍在不斷播放。

『喔喔，這是！「黑」的「城堡」赫朗格尼爾選手的巨大長槍，襲向「天帝的長槍」隊的成員！』

傳奇巨人的攻擊實在過於猛烈，即使沒有直接命中，光是餘波就足以削弱身為人類的英雄派成員體力。

『先撤退。』

曹操暫且和隊員們一起脫離戰線。巨人們見狀便追了上去。

隨著巨人一個接一個遠離同伴，曹操向隊友發號施令：

『好，包圍他們！格奧爾克！』

於是被點名的格奧爾克聽從隊長的指示，提升神器的能力。「絕霧」的禁手——

「霧中的理想國（dimension create）」隨之發動。

「魔獸騷動」的影響使得他的神器受到限制，不過在大會的正式賽中好像特別讓他放寬了限制。

藉由禁手提升的霧氣能力，讓格奧爾克在遊戲領域中創造自己的結界。

傳奇巨人之一被封在裡面，以曹操為首的幾名「天帝的長槍」隊選手便跟了進去。

這是將巨人單獨封印在強大的結界裡，然後好幾個人對付一個人的戰術。

『一個一個確實打倒！大家跟上！』

『『『遵命！』』』

隊友們呼應曹操的口令，依序攻擊封印在結界裡的巨人。

『唔、唔喔喔喔喔喔喔！』

巨人在結界裡面大鬧，但是以聖槍及七寶為首的多種禁手展開的猛烈攻勢，以及關帝帶有神氣的青龍偃月刀確實對巨人造成傷害。然後——

『「黑」隊的一名「主教」，淘汰。』

曹操等人將巨人之一，使用幻術的「主教」烏特迦德洛克打倒了。

「與其正面交鋒，不如封印起來再一個一個削減戰力。這樣比較能夠減少損失，是最好的戰法。」

蕾維兒如此評論曹操他們的戰鬥方式。

『下一個！』

延續那股氣勢，曹操他們又將另一個巨人單獨封印到禁手製造的霧氣結界裡，「天帝的長槍」隊的成員又殺進去對付巨人。

『唔、唔——！可惡啊——！』

儘管被單獨封印在結界裡的「黑」隊「騎士」赫拉斯瓦爾格（長著老鷹頭部與翅膀的巨人）以擅長的風屬性魔法奮力抵抗，對曹操等人造成一些傷害——

『「黑」隊的一名「騎士」，淘汰。』

最後還是遭到擊破(take)。

曹操等人打倒了第二個傳奇巨人。

『喔喔喔喔喔喔喔喔喔喔喔喔喔喔喔喔喔喔喔喔喔喔喔喔！』

這個結果讓紀錄影片裡的觀眾也為之狂熱。大鬧預賽的北歐巨人隊居然被體型居於劣勢的人類打倒，那幅光景看起來就像神話的一幕，觀眾會如此瘋狂也是理所當然。

然後阻隔對手的霧氣結界——眼看著就要困住「皇后」辛摩拉。

辛摩拉是強大至極的女巨人，也是史爾特爾的伴侶。就在辛摩拉封印在格奧爾克的結界裡面之時。

知道自己的伴侶被關進結界裡，史爾特爾巨大的身軀噴發龐大的火焰氣場。

『居然可以打到這種地步啊，人類的英雄。真虧你們能夠對我們造成這麼沉重的傷害。

所以——我就讓你們好好見識。見識一下真正的神之武具！』

如此吶喊史爾特爾將手舉高，巨大的手上——燃起猛烈的漆黑火焰。

史爾特爾全身上下也冒出黑色的火焰。

看見那副模樣，讓我回想起之前讀過的北歐神話片段。

——那個人，被稱為「黑色」、「黑色的人」。

——守護位於「北歐神話」世界南邊遠方的灼熱國度「穆斯貝爾海姆」的絕對巨人。

——「埃達」裡寫著將會燒毀世界。

——名為火巨人之王史爾特爾。

在史爾特爾的右手散發強大氣焰並且熊熊燃燒的——是一把黑色火焰劍。

史爾特爾如此說道：

『——雷瓦汀。』

看見那個場面，播報席的解說員，神子監視者(Grigori)的現任總督歐穆赫撒表示：

『現在立刻提升戰鬥領域的強度比較好。那是能夠將一切燃燒殆盡……將一切化為灰燼的黑色火焰！』

甚至如此建議。

聽說這個時候，大會的營運單位立刻提升了戰鬥領域的強度。

史爾特爾右手那把散發強烈神焰的劍產生的熱能，足以毫不留情地燃燒、融化周圍的景物。就連影像也因為高熱而變形。

『燃燒殆盡吧。』

如此說道的史爾特爾將封印住伴侶的結界——用神劍一刀兩斷。

身為魔法專家的格奧爾克以神滅具的禁手製造的霧氣結界，就這樣輕鬆消散。

如果神滅具的力量足夠完整的話，或許可以維持這個結界……

『呃啊！』

『什麼！』

位於結界裡的海克力士和貞德受到了雷瓦汀的攻擊餘波侵襲，而逐漸被淘汰的光芒所籠罩。

『「天帝的長槍」隊的一名「騎士」、一名「城堡」，淘汰。』

一招就將結界連同兩名英雄派的強者打倒了。

史爾特爾讓重獲自由的伴侶辛摩拉退到後方，對著曹操隊的戰士們揮舞發出灼熱黑色火焰的雷瓦汀。

『好驚人的熱能！』

『唔啊啊啊啊！』

傳說中的巨人之王只是揮動神劍，就讓曹操隊的選手一個又一個受重傷，逐漸消失在淘汰的光芒當中——

曹操對著格奧爾克大喊：

『格奧爾克！用那個結界圍住我和史爾特爾！——我要用那招。』

『——！我知道了！』

理解隊長意圖的格奧爾克再次散發神滅具的霧氣，搭配魔法創造堅固的結界，然後將曹操與史爾特爾轉移進去。

——兩隊的「國王」直接對決！

然而結界裡籠罩濃霧，影片當中看不清楚裡面的狀況。

隔著結界只能看到濃霧之中透出黑色火焰斬擊的氣焰以及聖槍的神聖氣焰。

至於結界外面，格奧爾克與關帝以及剩下的其他選手，和辛摩拉及其他巨人選手展開激烈的戰鬥。

戰鬥的趨勢是巨人方面占上風。考慮到解放雷瓦汀的史爾特爾以及剩下的戰力，英雄派隊相當不利。

再這樣下去，曹操的隊伍敗象濃厚……正當所有人如此認為之時，這場比賽以意外的形式有了結果。

『咦？確認過了嗎？』

播報員發出略顯困惑的聲音。比賽似乎出了什麼狀況。

播報員驚訝表示：

『呃——「黑」的「國王」史爾特爾選手——似乎主動宣告投降（resign）……所以這場比賽……由「天帝的長槍」隊獲勝。』

這個結果使得觀眾席一片譁然。

那是當然。史爾特爾解放了雷瓦汀那麼凶惡的武器，竟然主動認輸——

已經知道結果的我們並不驚訝……不過這下果然還是大爆冷門。一開始觀看比賽影片的我們也是大驚失色。

格奧爾克解開圍住曹操與史爾特爾的霧氣結界。

濃霧散去之後——只見渾身冒煙，身上到處都在流血的曹操，以及左邊肩膀以下整條手臂沒了的史爾特爾。

仔細一看，曹操沒戴眼罩，應該沒了的眼睛發出金色光芒……之前莉雅絲曾經說過，那恐怕是擁有某種特殊力量的義眼。

曹操抓住聖槍勉強站立，呼吸也斷斷續續。

曹操質問史爾特爾：

『……為什麼要投降？繼續打下去的話，會輸的應該是我，是我們。』

史爾特爾先收起手中的雷瓦汀，看向曹操：

『聖槍的持有者。那招——你還無法運用自如對吧？』

『……是啊，沒錯。這是我第一次用在神級的強者身上。』

『我想也是。多用個五次——不，兩次或三次，如果你先在面對強者時熟悉了那招，我大概也很危險。那招就是這麼可怕。』

史爾特爾告訴曹操：

『我聽說神器、神滅具會藉由意念的力量進化、成長，還會在經歷劇烈變化之後引發類似奇蹟的現象。你在這場大會繼續晉級的話，或許能讓我見識到變得更強的聖槍。這個念頭掠過腦中之後，我覺得已經在這屆大會得到滿足了。』

火巨人之王史爾特爾繼續說道：

『吾乃「穆斯貝爾海姆」之守護者，亦為阿斯加之敵。並且也是將**未知的威脅**燃燒殆盡者。如果傷勢繼續加重的話，或許會影響到真正的要事。所以到此為止就夠了。』

巨大的史爾特爾膝蓋著地，對著曹操伸出右手擺出握手的姿勢。

『變強吧，年輕人。身為一個戰士，我很期待你和二天龍，還有其他神滅具持有者未來的成長。』

曹操先是愣住，卻也理解史爾特爾的用意，伸手回應他的握手。握手的形式是曹操的手握住火巨人伸出來的手。那時巨人身上的火沒有灼傷聖槍持有者，只是熊熊燃燒。

曹操說道：

『我知道了。我答應你會變得更強——改天再和我們打一場吧。火巨人之王啊。』

人類與巨人，大小相差甚多的握手。但是不知怎麼地令人感到爽朗而迷人。

比賽就這麼以曹操他們的勝利告終——

「我猜曹操在濃霧之中使用的那招，大概是七寶的最後一個能力吧。眼睛也很令人好奇……既然對手是史爾特爾的話，應該是他之前說過還在調整的七寶能力吧。」

我說出我的看法。

莉雅絲則是表示：

「上次曹操和貞德有點事拜訪這個家時，我針對這一點問過他。他當時沒告訴我就是了。只是——」

莉雅絲繼續說下去：

「曹操好像對廚房裡的霜淇淋機很感興趣的樣子，所以我說『如果你說出比賽中對史爾特爾使用的新招，我可以把那台機器讓給你』他還認真考慮了一下。」

之後曹操——

『等一下！為了這種東西隨便把那招告訴別人可以嗎！』

——好像被貞德吐槽了……曹操自己說過「愛吃的東西和小朋友很像」，看來霜淇淋機真的很吸引他吧……

結果那時莉雅絲還是沒能問到。

不過只要比賽繼續進行下去，總有一天會碰到他必須在眾目睽睽之下出招的局面吧。這場大會就是如此強者雲集。

而且如果發生什麼大事需要並肩作戰，他說不定也會告訴我們、展現給我們看。

——於是曹操他們的比賽影片到此結束。

看完比賽影片，心滿意足的第一代大人隨口說道：

「我也參加這個大會看看好了。」

「——！」

以我和莉雅絲為中心，許多人都被這句話嚇到了。

莉雅絲疑惑發問：

「第、第一代大人！這樣未免太過突然……而且再怎麼說現在也太遲——」

「哎呀，一直勝出的隊伍不是可以中途增加隊員嗎？」

第一代大人說得毫不在意。

……看來大人對國際大會正式賽的規則有某種程度的掌握。

身為現代的吉蒙里，莉雅絲以擔心的語氣勸說：

「何況您還活著這件事要對大眾保密──」

第一代大人如此回應：

「我記得瑟傑克斯的老婆……葛瑞菲雅是戴著面具參賽吧。我依樣畫葫蘆應該就可以報名了吧？而且我也聽說一誠的『皇后』現在空著，所以很傷腦筋。」

大人的消息真是靈通。應該說她似乎就連現代情報也萬無一失呢。

顯得有點為難的蕾維兒表示：

「確、確實是這樣沒錯……但是我們還在研議各種方案……」

「原──來如此。」

第一代大人原本表現出一定程度的理解──但是隨即表情一變，露出小惡魔的笑容看著我們說道：

「呵呵呵。不過呢，吉蒙里的孩子啊，身為始祖的我只要有那個意思，強制吉蒙里家系譜上的人服從也不是辦不到的事……」

第一代大人邊說邊向前伸手。

「什麼！居、居然有這招！」

莉雅絲和我們更是大吃一驚！真的假的！第一代大人辦得到這種事喔！

我們這些名列吉蒙里系譜的人全都繃緊神經！

…………

——結果什麼事都沒發生。我們看向第一代大人——

「——我只是想如果是這樣就好了——唔唔唔……」

只見她發出可愛的沉吟聲。第一代大人就這麼維持伸手的姿勢說著：「服從我——服從我——」灌注念力。

原、原來是開玩笑啊……我還以為始祖惡魔的隱藏能力要就此解放了。

第一代大人似乎想到什麼——將視線看往英格薇爾德。

「啊——既然如此，要代替葛瑞菲雅的人選果然就是她了吧？」

成為眾所矚目焦點的英格薇爾德本人愣在原地……

她指著自己，看著我和蕾維兒問道：

「我可以上場比賽嗎？」

「「這個嘛……」」

被這麼一問，我和蕾維兒都異口同聲不知道該如何回答。

——這時朱乃學姊對在場的所有人開口：

「既然比賽的影片觀賞完畢，今晚差不多可以解散了吧？明天還是假日，我們也計劃大家要一起從上午開始訓練。」

正如朱乃學姊所說，明天安排由新舊神祕學研究社社員為中心的陣容進行訓練。

第一代大人表示：

「原來是這樣啊。今晚謝謝你們，還要你們來配合我的任性。也說不上是什麼謝禮，身為吉蒙里的始祖，我就在你們明天的那個什麼訓練——傳授祕傳招式給莉雅絲。」

聽到第一代大人的發言，莉雅絲露出驚訝的表情。

「——真、真的嗎？」

面對莉雅絲的回應——

「當然，包在我身上♪」

第一代大人挺起胸膛，顯得很有自信。

——這表示第一代大人也要參加明天的訓練囉。

好了，明天的訓練究竟會變成怎麼樣……

如此這般，我們觀賞完曹操隊對史爾特爾隊的比賽，等著迎接明天。

隔天——

我們在吉蒙里領地下的吉蒙里眷屬專用訓練空間各自進行訓練。順道一提，這個訓練空間不是我專用的那個，而是吉蒙里眷屬一起使用的地方。

在地獄事變之後來自蒼那學姊那邊，成為莉雅絲眷屬和我的眷屬的路卡爾（莉雅絲的新「城堡」）和班妮雅（我的新「騎士」）與其他人的連攜為中心，再加上個人的特訓，我的隊伍還有最重要的面對冠軍彼列隊的應對訓練，這次訓練為包括上午和下午，中間穿插午休時間的整天行程。

會用魔法的狼人路卡爾以莉雅絲眷屬為中心，加上同為「城堡」的小貓與羅絲薇瑟一起進行特訓。和近戰型的小貓以及魔法專家羅絲薇瑟一起進行訓練，我覺得和路卡爾的能力完美取得平衡。

至於班妮雅則是以我的隊伍為中心，配合「騎士」潔諾薇亞、她的搭檔轉生天使伊莉娜，加上莉雅絲的「騎士」木場，在發揮「騎士」特性的高速戰鬥為前提的同時，也活用班妮雅特有的死神（grim reaper）鐮刀進行連攜訓練。

這次沒有會合的成員，應該只有史特拉達大人，克隆．庫瓦赫，還有爆華了吧。

凜特也以前莉雅絲隊隊員的身分表示：

「我什麼都可以幫忙！」

——一如這番發言，她拍動天使羽翼在分布於廣大訓練空間的各個特訓地點之間飛來飛去，到處露臉同時爽快地答應各種要求。

同樣是轉隊成為潔諾薇亞眷屬的仁村留流子也發揮自豪的腳力跑遍整個空間，擔任這次特訓的幫手。

人員分配大概就像這樣。大家多半一如往常穿著運動服。

……我原本想找不在這裡的克隆．庫瓦赫問一下我家爆華的狀況……不知道傳奇邪龍的嚴格訓練趕不趕得上下一場比賽。

『希望牠沒有因為跟不上克隆．庫瓦赫的特訓而倒下。』

德萊格在我體內開口。

我相信克隆．庫瓦赫，當然也相信爆華。只是他們能不能在剩下的時間內完成特訓，又是另一回事……

我無意間看向氣焰豪邁碰撞，發出撞擊聲與衝擊波的方向——只見化為黑色野獸的加斯帕與化為龍鬼人的百鬼這對同年級男生正在進行模擬戰鬥。

『居然躲過我的停止能力，真厲害！』

「面對我認真揮出的拳頭可以化為黑暗氣焰來閃躲，你也不是蓋的！」

百鬼無聲無息地躲到加斯帕的停止能力範圍之外。儘管對巨獸施展帶有龍鬼人力量的拳打腳踢，巨大的身軀卻化為黑暗而消散，無法直接擊中。

真是的，明明兩邊都有換個角度的攻擊可以用，卻故意展開肉搏戰，該說是很像我們的夥伴會有的作風嗎……讓我覺得「很有吉蒙里男生傳承下來的風格！」的感覺。

至於我則是和木場一起趕在大家之前過來這裡，花了很長時間進行平常的特訓。所以現在是休息時間。

一邊吃著朱乃學姊作的飯糰（明太子）、愛西亞的手作雞蛋三明治、木場作的肉捲飯糰，我的視線看往某處的訓練景象。

「沒錯沒錯，我的子孫莉雅絲要加油喔。」

「是、是的。」

那就是莉雅絲的神祕特訓，以及在為她進行訓練的第一代吉蒙里，也就是露妮雅絲·吉蒙里大人！

……我想那應該是昨晚第一代大人說的「吉蒙里始祖的祕傳招式」的特訓才對……

當事人莉雅絲將雙手向前伸，雙腳微彎，在維持這個姿勢的狀態下從身上微微透出氣

焰，然後就在這個狀態靜止不動。

第一代大人不時下達各種指示，莉雅絲就跟著改變姿勢，或是調整氣焰的量。

「很好，莉雅絲。就是這樣。」

「是、是的。」

第一代大人一邊吃點心，一邊對著莉雅絲開口。

「請、請問，第一代大人，那個點心是……」

第一代大人拿在手上的點心和點心的袋子讓我非常好奇，所以我忍不住發問。

在拿著印有木場圖樣的包裝袋子給我看的同時，第一代大人回答：

「這是名叫『親派』的酥皮點心。很好吃喔。」

——又是和木場有關的點心嗎！

不知不覺間來到附近的木場表示：「……我的各種暱稱都在冥界成了註冊商標啊……」

再次露出心情有點複雜的表情。

莉雅絲．吉蒙里眷屬以及系譜上所有人的各種情報，都有可能被用在商業用途呢……雖然周邊商品產生的利潤也會匯進我們的戶頭就是了。

也、也罷，先不管這件事，我詢問第一代大人：

「話說回來，莉雅絲這是在做什麼？這是怎麼樣的招式？啊，莫非只能告訴直系後代嗎？不、不好意思……」

以為這個問題不得體的我開口道歉。

第一代大人毫不在意地回答：

「你是說這招祕傳嗎？這個嘛——我想應該是這種招式才對。」

——唔。

…………應、應該？

第一代大人的說法讓我覺得很可怕……但是莉雅絲又是那麼認真地擺出各種姿勢……

當事人莉雅絲則是聽從第一代大人的命令，一邊單腳站立，一邊擺出讓人聯想到天鵝湖的芭蕾姿勢。

第一代大人露出狐疑的表情表示：

「奇怪？這樣好像不對？話說這招祕傳……不對，其實是口傳嗎……？記得是不知幾百年還是幾千年前想到的，感覺很厲害的招式……不過當時的點子最後卻被那個時代的宗主批評得很慘……」

儘管陷入沉思，第一代大人還是打開一包「親派」，一邊吃派一邊說出感覺不管那麼多了的發言：

「算了，反正應該會是很好的訓練。畢竟都在活動身體了。」

きゅんパイ
めちゃウマい

——太、太隨便了！這是怎樣，這位第一代大人也太自由了吧！

不知道這個狀況的莉雅絲認真地要求指示。

「第一代大人！接下來該怎麼做呢？」

「這個嘛。我想想……一邊擺出很吉蒙里的姿勢，一邊在腦中想像大概三隻駱駝。」

「很……很吉蒙里的姿勢……像這樣嗎？要想像駱駝感覺相當吃力。」

「那麼維持這個狀態撐個五分鐘左右吧。」

「是、是的！」

莉雅絲以自己的想法擺出讓人聯想到駱駝（？）的奇妙姿勢，看著這樣的子孫，第一代大人喃喃自語：

「…………啊，這個感覺不太行。」

太過分了！到底是怎樣！

對於過度自由的吉蒙里始祖的發言以及行動，我只能驚訝到眼珠快要迸出來！

可是，好吧，無論怎麼想，這個特訓都是不太行的那種……

……我還是找個適當的時機不著痕跡地告訴莉雅絲吧。畢竟傷害還是越少越好……

「……嗯——已經做過各種嘗試……只要我這個始祖直接干涉……後代應該會顯現固有的『特性』之類的才對……莉雅絲應該可以……嗯——該怎麼辦呢……嗯——」

第一代大人唸唸有詞地說著意有所指的內容，好像正在思考什麼。

……雖然這個特訓可疑到不行，但是第一代大人也是有某種目標，才會這麼認真鍛鍊她的後代莉雅絲嗎？

——就在這時，一個意外的人物出現了。

「……莉雅絲在做什麼？」

看著莉雅絲的特訓，萊薩·菲尼克斯帶著疑問從後方現身。

「啊，萊薩。你來了啊。」

「是啊，因為我們打輸了嘛。不需要為了大會進行訓練，行程也就跟著變得輕鬆許多。所以我才想去見你們一面，結果吉蒙里的人就告訴我這個地方。」

原來如此，他是來見我們的。

「比賽我看了……」

我帶著惋惜的語氣開口。

萊薩·菲尼克斯加入的排名遊戲國際大會隊伍「不死鳥(phoenix)」在正式賽當中落敗。

他們交戰的對手是——「諸王的餘興」隊。我們在預賽也曾經對上，是由魔物之王堤豐擔任「國王」的希臘神話、北歐神話混編隊伍。

北歐的現任主神維達與奧林帕斯的現任主神阿波羅也是隊員之一，在這屆大會的參賽隊伍當中也是頂級強隊——更是最具冠軍相的隊伍之一。

萊薩的隊伍是以他的哥哥勒瓦爾．菲尼克斯為「國王」，隊伍裡還有聖獸菲尼克斯和埃及神話的靈鳥貝努，以及神滅具之一的「機界皇子(unknown dictator)」的持有者馬格努斯．羅茲（真正的職業是CIA探員）等等。

在曾經名列排名遊戲前十名的「國王」勒瓦爾率領下，他們以活用菲尼克斯不死之身的戰術一路奮戰……

對手充分運用傳奇魔物、眾神的力量，就連菲尼克斯的不死之身也被破解……「不死鳥」隊因而敗退。

萊薩帶著神清氣爽的表情開口：

「至少我們努力過了。果然我們的不死之身，在面對神級選手的一擊時實在撐不住……話說真虧你們有辦法打贏那種隊伍……看來特級惡魔的稱號不是假的。」

「不，當時我還不是特級……而且我們也打得很辛苦。」

真是如此，對上「諸王的餘興」隊時如果德萊格沒有現身的話……我們也會輸吧。對手就是強到這麼離譜。

……對方是神級選手，照理來說沒辦法只用「強得離譜」這種感想帶過才對……但是我們也和各式各樣的對手一路交手至今。

『這就表示搭檔也跟著變強那麼多。』

德萊格也在我的體內對我開口。

「如果德萊格沒能現身的話，我們肯定贏不了。」

我說出最真實的心聲，萊薩也露出苦笑表示：「如果我們這邊也出現像你們當時的奇蹟就好了。」

——話說回來，萊薩從剛才開始就一直很在意某個方向，不時就往那邊瞄過去。

沒錯，因為他看見第一代大人了！不愧是好色的菲尼克斯！

他輕聲問我：

（……話說我一——直很好奇，那邊的紅髮女孩是誰？）

（啊，這個嘛……）

我不知道該如何回答。

因為第一代大人的真實身分只有親近的相關人士知道……萊薩的來訪不在預期之中，所以才會讓他們在這裡碰面。

就在我苦思該如何回答之時。

第一代大人發現這邊的狀況，帶著微笑靠了過來。

「幸會，你是菲尼克斯家的人對吧？」

第一代大人向萊薩搭話。

萊薩整理了一下外套，露出笑容開口：

「沒、沒錯，我是萊薩・菲尼克斯。是菲尼克斯家的三男。不過妳是吉蒙里家的人，卻不認得我嗎？」

萊薩如此反問。第一代大人露出歉疚的表情：

「不好意思。因為我過著遠離俗世的生活……」

接著大人更說出驚人的自我介紹！

「我叫妮雅絲・吉蒙里。是莉雅絲姊姊的……異母妹妹。」

——！

……還有這種事！莉雅絲突然多了一個關係複雜的妹妹！莉雅絲本人沒聽見這段對話，只是認真地繼續進行神祕的擺姿勢訓練。

第一代大人突然帶著優雅的笑容，面不改色地說出假的自我介紹！

萊薩點頭接受這個說法。

「——既然如此，我懂了……呵，吉歐提克斯大人也真是不容小看呢。」

接著露出意有所指的苦笑。

「也難怪妳不知道身為莉雅絲前任未婚夫的我。因為各種複雜的苦衷，妳過著遠離本家

的生活……不過最近這個情況得到緩解，妳們姊妹才能夠見面。大概是這樣吧。原來如此原來如此……」

這個人就這麼自己說些妄想的內容，自己做出結論了……

第一代大人也說聲：「就是這樣。呵呵呵。」配合萊薩幻想的設定微笑以對！

莉雅絲的爸爸。你在很不得了的地方多了很不得了的設定……不知道這裡發生的事，「哈哈哈！」笑得很開懷的吉蒙里家現任宗主吉歐提克斯．吉蒙里大人的臉孔浮現腦海。

這下子光是讓他們繼續對話，就會讓吉蒙里家的家庭環境變得更加複雜。我可能必須找機會介入，打斷他們的對話才行……

正當我如此心想之時，羅絲薇瑟往這個地方走來。看來她和路卡爾的連攜訓練終於告了一個段落。

羅絲薇瑟向萊薩搭話：

「萊薩．菲尼克斯先生。你來得正好。」

「嗯？有事找我嗎？」

羅絲薇瑟是看見萊薩才過來的啊。

聽到萊薩的回答，羅絲薇瑟點點頭繼續說下去：

「是的，你和維達大人的隊伍對戰時，對維達大人施展的那種火焰……我想針對那招請教一下。」

聽見羅絲薇瑟這句話，在影片裡看到的那個景象便出現在我腦中。

聖獸菲尼克斯與惡魔菲尼克斯，也就是菲涅克斯（勒瓦爾與萊薩）同時掀起凌厲的火焰，再加上埃及神話的靈鳥貝努釋放的神聖氣焰，產生前所未見的七彩火焰。

北歐的現任主神維達，還有對方的「國王」堤豐都身陷火焰之中。

儘管兩人都受到嚴重的傷害……但是穿著五大龍王之一的密特迦歐姆鎧甲的維達與身為魔物之王的堤豐釋放凌厲的氣焰波動，撲滅了聖魔菲尼克斯製造的火焰。

「喔喔，那招啊……有什麼問題嗎？」

萊薩詢問羅絲薇瑟。

羅絲薇瑟露出凝重的表情回答：

「本國……我的故鄉阿斯加聯絡我，詢問『有沒有治療燒傷的魔法？』……據說維達大人受到的燙傷完全無法痊癒。」

——！

真的假的！中了那招七色火焰的維達在那之後還是飽受燒傷之苦……

萊薩雙手抱胸，看了我一眼之後才開口：

「那招……在赤龍帝本人面前說出來實在很丟臉，不過我是想到如果能用不死鳥菲尼克

斯的火焰重現傳承當中的『燚焱之炎火』說不定會很有看頭，而且在這一點與大哥勒瓦爾．菲尼克斯達成共識。我們經過不斷研究，最後以配合上聖獸菲尼克斯與不死靈鳥貝努的合體技的方式完成了那招——就在對上『諸王的餘興』隊那場比賽不久前。」

原來德萊格那招不會熄滅的火焰吐息——「燚焱之炎火」給了開發那招的提示啊。

「難不成你們沒有演練過就用了嗎？」

面對我的問題，萊薩便不好意思地說道：

「是啊。也因為這樣，我們沒有好好調查過那招除了火焰傷害之外，還會在對手身上造成怎樣的效果……這樣啊，所以那招造成了北歐的現任主神也無法治癒的燒傷嗎？」

因為沒有演練所以不知道效果……維達——神祇也無法治癒的傷害……看來他們開發出一種不同於「燚焱之炎火」的可怕火焰了。

說不定和維達一起挨了那招菲尼克斯合體技火焰的堤豐，也受到無法治癒的燒傷。

羅絲薇瑟聽到萊薩提供的情報不住點頭，一個人開始思考。

「……模仿赤龍帝的不滅火焰『燚焱之炎火』的招式，竟然造成了連神祇也無法治癒的燒傷……」

羅絲薇瑟再次詢問萊薩：

「如果有專用的攻擊魔法陣或是魔力操作的話，方便詳細告訴我嗎？」

「好啊，我也問問聖獸菲尼克斯和靈鳥貝努好了。」

「那麼我們過去旁邊詳談。」

羅絲薇瑟指著位於訓練空間角落的休息用桌椅開口。

萊薩也說聲：「我知道了。」表示同意，兩人便朝著桌椅的方向走去。

……維達他們雖然打贏萊薩的隊伍，卻不知道傷勢能否在下一場比賽之前痊癒。而且主神受傷未癒是更加嚴重的問題。

目送羅絲薇瑟與萊薩離開之後，我雖然很在意莉雅絲的狀況，但是更加掛心某個人的特訓，於是從背上伸展龍翼，朝著感應到氣焰的方向飛去——

那個地方有雷光、烈焰、光力長槍，以及帶著氣焰的強烈踢擊來回交錯。

攻擊的對象是——英格薇爾德。

朱乃學姊發出的雷光、蕾維兒從火焰翅膀發出的許多火球、凜特擲出的光力長槍、仁村同學的氣焰踢。

英格薇爾德用防禦型魔法陣抵擋他們的攻擊。那不是普通的防禦型魔法陣。是以她擁有的龐大氣焰層層疊疊建構而成的防禦型魔法陣。

在攻擊魔力日漸成長之餘，接著令人不安的就是英格薇爾德在防禦方面的表現。

因此最近的訓練正是在加強她建構防禦型魔法陣的能力。

「嗯嗯，就是這樣。英格薇爾德。」

在一旁出聲建議的人是羅伊根小姐。在這次的特訓當中，羅伊根小姐以魔力操作顧問的身分一直跟在英格薇爾德身邊。

……英格薇爾德只是將強大的氣焰轉化為好幾層厚實的防禦型魔法陣，純粹將魔法陣疊在一起而已……沒想到只是這樣也能抵擋朱乃學姊等人的攻擊……

雖然朱乃學姊和蕾維兒她們沒有拿出真本事……儘管如此，既然這麼堅固，不上不下的攻擊大概撼動不了這個防禦型魔法陣分毫吧。

「哎呀，是一誠。」

朱乃學姊發現我的到來，大家也都轉頭看向我。

於是我詢問大家：

「英格薇爾德的表現如何？」

蕾維兒一邊用手擦掉額頭上的汗一邊開口：

「只要再照這樣練習幾次，我想應該就可以抵禦相當程度的攻擊吧。」

對此朱乃學姊跟著表示：

「現在還只是單純的加厚魔法陣，不過照這樣鍛鍊下去，應該可以學會比較靈巧的防禦方式。」

我的經紀人和朱乃學姊都掛保證了啊。

羅伊根小姐表示：

「以擅長的水屬性為首，各種屬性的力量也都有在變強。即使技術方面的鑽研還有待加強，但多虧龐大的氣焰，在攻擊方面能夠以量取勝還是她的優勢。」

原來如此。才能果然不容小覷吧。英格薇爾德本人則是站著和睡魔搏鬥，靠著甩頭來拋開睡意就是了……

剩下的就看有多少時間吧。這樣或許勉強趕得上？

我是想讓英格薇爾德在下次——

正當我思考這些事時，突然有人來到附近。

「我記得這孩子是第一代利維坦陛下的後代吧？雖然好像還有人類血統。」

——唔。

是第一代大人！哎呀呀！她剛才明明還在陪莉雅絲特訓的！是跟著我過來嗎？莉雅絲好像沒有過來……大概還在進行那個神祕的訓練吧。

面對第一代大人的問題，蕾維兒點頭回應：

「是的，沒有錯。」

第一代大人走到英格薇爾德身邊，盯著她觀察了起來。

「魔王利維坦陛下的力量妳繼承了多少？有辦法使用類似利維坦的特性『掉尾之海蛇龍』的能力嗎？」

「……沒辦法。」

被第一代大人這麼一問，英格薇爾德搖搖頭。

第一代大人用手指抵著下巴說道：

「第一代四大魔王的固有特性……利維坦陛下的『掉尾之海蛇龍』、阿斯莫德陛下的『星與刻』、別西卜陛下的『蒼蠅王』，以及路西法陛下的『惡光魔耀』——舊魔王派那邊的幾個後代也不是每個都繼承了這些力量吧？」

第一代四大魔王的固有特性啊……我對付的夏爾巴·別西卜好像用了類似的能力。

「……不過，李澤維姆王子倒是有只屬於自己的能力。」

第一代大人如此補充。

她指的是李澤維姆的「神器無效化（sacred gear canceler）」吧。那種能力……相當可怕。

第一代大人一邊低吟一邊想了一陣子，指著英格薇爾德對著我們說道：

「或許我可以稍微引出這孩子的能力也說不定。」

「——！」

在場成員都很驚訝！

那是當然！突然說有辦法引出英格薇爾德的能力，肯定會嚇一跳！

第一代大人接著說道：

「很久很久以前啊，因為有著同為古代女惡魔的這層關係，我和利維坦陛下……以這個時代的說法就是辦過類似女生聚會的活動。我記得當時陛下喝醉之後，好像提過自己為後代子孫留下記述自己能力的碑文還是石板之類的……」

女、女生聚會……那麼久以前就來這套啦……

「現任政府管理的文物當中，有沒有類似的東西呢？就算在先前的內戰之後接收了這種東西也不奇怪吧。」

聽到第一代大人的話語，朱乃學姊和蕾維兒說了一聲「請稍候」便在手上展開小型魔法鎮，開始調查情報。

過了大概五分鐘，兩個人都搖頭表示：「沒找到……」

第一代大人想了一下，又繼續表示：

「那麼大概在巴力家吧。以他們家的作風，偷偷回收那種東西也不奇怪。」

……啊——巴力家啊。以那位第一代巴力的作風，在塞拉歐格不知情的狀況下保有那種東西好像也不足為奇。

——既然這樣，問題就變成「該怎麼問巴力家？」了。

我也露出為難的表情，雙手抱胸說道：

「……該怎麼辦呢。如果說『有的話借我們看一下』對方就會答應不知該有多好。透過塞拉歐格大概也很難吧。這麼一來透過『D×D』的方式也行不通。」

蕾維兒同樣也是一臉煩惱。

「因為是前任魔王的遺物，光是要問這個問題就已經很敏感……時期也可能不太恰當。畢竟巴力家也參加了排名遊戲的大會——」

啊——他們在淘汰賽時和我們的隊伍同一邊嘛。雖然同是「D×D」小隊的成員，在大會當中也是競爭對手，就立場來說有點麻煩。

「考慮到內容和時期，感覺不太可能無條件獲得許可。」

朱乃學姊也扶著下巴開口。

如果不想給我們看，可能會說「沒有那種東西」或是「有是有，但不能給你們看」之類的話，也有可能以同為晉級正式賽的隊伍為由說些「目前巴力隊正在進行祕密特訓。在大會當中彼此都是敵人，所以不准你們有所接觸」拒絕我們。又或者真的只是手上沒有。

以塞拉歐格的個性應該會樂意借給我們，但是今天要找的是那種東西的話，很有可能會牽扯到第一代巴力，只靠塞拉歐格一個人的意思或許無法決定。

「嗯——……」

大家都一邊低吟一邊沉思。英格薇爾德則偏頭感到疑惑……

——這時第一代吉蒙里大人問我們：

「巴力？既然是第一代的話，就是澤克拉姆囉？」

「是、是的，沒錯。」

聽到我的回答——第一代大人露出惡作劇的笑容：

「呵呵呵♪好——那麼這件事就包在第一代吉蒙里身上了。」

「……您有什麼辦法嗎？」

面對蕾維兒的問題，第一代大人自信十足地拋了一個媚眼。

「交給我吧♪」

喔喔，真的嗎！同是遠古時代活到現在的惡魔，有辦法應付第一代巴力嗎！

第一代大人詢問英格薇爾德：

「英格薇爾德……我就這麼叫妳吧。英格薇爾德，妳覺得呢？可以的話妳想看第一代利維坦陛下的遺物嗎？說不定會變得不再是現在的自己喔。或許真的需要有所覺悟。」

第一代大人問得很認真。這同時也是身為她的「國王」的我，還有經紀人蕾維兒應該思考的問題吧。

英格薇爾德看向我。

我點了點頭。意思是妳決定就好——

英格薇爾德以堅定的眼神表示：

「……我想成為大家……成為一誠的助力。自從我醒來之後，就一直溫柔對待我的眷屬和兵藤家的人們，如果有能力保護這麼照顧我的人……我想變得更強。而且——」

英格薇爾德對著我和蕾維兒說道：

「我想在排名遊戲當中，以一誠的『皇后』身分和大家一起戰鬥……應該吧。如果我的力量派得上用場……」

我無意間在英格薇爾德的身上，看到高二時剛變成惡魔的我，為了莉雅絲不顧一切奮戰的身影——

……那個經驗和魔力和力量和氣焰和腦袋都不如別人的自己。儘管如此，我還是全力用盡自己的一切，為了莉雅絲、為了夥伴們勇往直前。

英格薇爾德無論是惡魔的工作，還是學習身為惡魔的知識，或是為了變強的特訓，都表現得非常努力。明明擁有出類拔萃的才能，還是為了夥伴努力不懈。

我看向蕾維兒。我的經紀人也點頭了。

確認這件事之後，我露出笑容對著英格薇爾德說道：

「我明白了，英格薇爾德。」

於是我拜託第一代大人：

「請助我們一臂之力。」

聽到我的答案，第一代吉蒙里大人——露妮雅絲．吉蒙里大人露出滿意的笑容：

「好啊，沒問題。我吉蒙里系譜上的孩子啊，交給我吧。」

就是這樣，我們決定前往巴力家的城堡。

我、蕾維兒、莉雅絲（提前結束那個特訓）、朱乃學姊、英格薇爾德，還有第一代大人暫時離開訓練空間，前往吉蒙里城整理儀容之後，才和巴力家約時間。畢竟穿著運動服又滿身大汗的話太失禮了。

如此這般，我們透過塞拉歐格約了時間。

由於立刻就能會面，所以我們使用魔法陣轉移到巴力城。

在豪華程度更勝吉蒙里城的城堡迎接我們的是塞拉歐格。

「莉雅絲和兵藤一誠，還有各位。沒想到你們會特地過來巴力家一趟。所以你們所說的要事是──」

塞拉歐格的視線忽然落到第一代大人身上。因為他們沒見過面。

好了，該怎麼通過這關呢？正當我和莉雅絲如此煩惱時，塞拉歐格問道：

「嗯？紅髮……我沒見過這位小姐，是吉蒙里家的人吧？」

「呃──這位──」

在莉雅絲介紹第一代大人之前──第一代大人搶先前進一步開口：

「我叫妮雅絲．吉蒙里。是莉雅絲姊姊的……異母妹妹。」

──！

……………又、又來這招！第一代大人又是這麼自我介紹嗎！莉雅絲沒聽到萊薩那一次，所以驚訝到眼珠快要迸出來！

塞拉歐格似乎也在不同的層面大吃一驚。

「什麼！既然如此就是姑丈大人的──」

「是的。我是吉歐提克斯父親大人的……第二個女人的女兒。」

知道這件事的塞拉歐格變得一臉沉痛！

天大的誤會打擊了塞拉歐格！

塞拉歐格好不容易才擠出聲音：

「………………姑丈大人想必有他的理由吧。這在惡魔貴族社會也是常有的事。莉雅絲、妮雅絲，相信妳們心裡也是五味雜陳吧。我懂妳們的心情。」

莉雅絲的爸爸不斷在不知情的狀況下受到許多人誤會……

由於是在第一代大人面前，莉雅絲也不太方便解釋……

「………是啊，你懂就好。還有改天再讓我跟你解釋清楚。」

「好的，莉雅絲。身為表哥、身為夥伴，妳隨時都可以找我商量。一個人悶著心裡總不是好事。」

「是啊……有些事我一個人實在無能為力……」

莉雅絲只能這麼回答。

「………！」

朱乃學姊見狀一直忍著不笑。朱乃學姊真的很喜歡看見莉雅絲這種可愛的困惑模樣。

以妮雅絲・吉蒙里自稱的第一代大人用可愛的聲音對塞拉歐格開口：

「那麼塞拉歐格哥哥——」

這個稱呼讓塞拉歐格露出受到震撼的表情。

「——哥哥。」

「…………是不是冒犯到你了？」

第一代大人疑惑發問。

塞拉歐格乾咳一聲之後訂正她的說法：

「不、不是。只是我之前一直沒有類似妹妹的存在。莉雅絲與其說是妹妹，比較像是女性親戚的感覺。這、這樣啊，哥哥是吧……好像還不壞。」

塞拉歐格抓了抓微微泛紅的臉頰！

塞拉歐格——獅子王萌上妹屬性了————！

第一代大人立刻繼續用可愛的聲音開口：

「我們來到這裡，是想見第一代巴力大人一面……我們能不能見他一面呢？」

第一代大人露出往上看的撒嬌眼神。

對於有如妹妹的存在感到不知所措的塞拉歐格回答：

「第一代大人啊。他正好來這座城堡辦事，所以人是在這裡沒錯，只是……嗯。」

第一代吉蒙里大人沒讓他多想，接著說了下去：

「塞拉歐格哥哥，你告訴第一代巴力大人『你的偶像，吉蒙里中的吉蒙里來了喔。嘿嘿♪』的話，我想他會立刻理解這是怎麼回事。雖然內容相當逾矩……不過我想他肯定能夠理解的，塞拉歐格哥哥。還請塞拉歐格哥哥助我們一臂之力。」

敗給咄咄相逼的第一代大人，塞拉歐格只能說聲：「我、我知道了，我去問問看。」

塞拉歐格最後與其說是敗在妹萌上，更像受到第一代大人的神祕魄力所震懾……

第一代大人轉頭來看向我們，拋個媚眼比出勝利手勢。

「呵呵，那個後代果然也是巴力。這招最有用了。莉雅絲，妳要好好學起來喔。」

莉雅絲只能嘆氣。

我們就像這樣嘗試約見第一代巴力……而且成功了。

巴力家的執事帶領我們前往第一代巴力，也就是澤克拉姆．巴力所在的城內圖書室。

我們被帶到面積更勝於人類世界的普通圖書館，看不見另一端的巴力城圖書室。天花板也高得驚人。數不盡的書架收藏著無數的書。高大書架更是每隔一定距離就要設置樓梯。

跟著執事走了幾分鐘——

「貴安，各位。」

聽到有個聲音從上面傳來，我們抬頭一看——一位全身上下散發威嚴氣息的初老男士在樓梯上翻閱書本。

第一代巴力家宗主，澤克拉姆．巴力——

他用和塞拉歐格一樣的紫色雙眸看著我們。接著稍微移過視線看見第一代吉蒙里大人，露出見到稀客的眼神。

第一代巴力以視線示意執事退下。執事鞠個躬之後便離開了。

清場之後，第一代巴力闔上書嘆了一口氣：

「…………呼…………」

這個反應讓第一代吉蒙里大人不禁挑眉，看起來頗為不滿。

然後手叉著腰毫不客氣說道：

「等一下，澤克拉姆～你的偶像特地來見你了～～這樣嘆氣不對吧？」

「妳真是一點都沒變啊，露妮雅絲。」

「我就是為了不變才會睡睡醒醒啊。不過在這個時代醒來好像是對的。有很多事都變得很有趣。」

「……或許這也是宿命吧。」

「『或許這也是宿命吧』……裝模作樣什麼啊。從以前就這麼做作。」

學第一代巴力說話的第一代吉蒙里大人說得毫不客氣。

隨即又露出惡作劇笑容的第一代吉蒙里大人說道：

「好了好了，不希望我把你的祕密抖出來的話——」

第一代吉蒙里大人的話還沒說完，加以無視的第一代巴力便在手邊展開小型魔法陣。一塊深藍色的板狀物從中出現。大小厚度都和學校使用的普通筆記本差不多。

第一代巴力用氣焰包住藍色板子，讓東西飄到蕾維兒身邊。

蕾維兒雙手接住藍色板子之後，氣焰也隨之消失。

第一代巴力表示：

「——那個借你們。但是之後要向我報告結果。」

這句話的對象是身為英格薇爾德的「國王」的我和經紀人蕾維兒，還有英格薇爾德。尤其是英格薇爾德，第一代巴力一直看著她，像是在思考什麼。

——第一代巴力的視線再次移回第一代吉蒙里大人身上：

「這樣就可以了吧，露妮雅絲？」

「很好，這樣就好。話說那個果然在你手上。你在這方面還真是萬無一失呢。」

第一代吉蒙里大人顯得笑容滿面。

「如果是平常的我，肯定會像個老人家一樣先嘮叨幾句才答應吧——不過既然見到懷念的**偶像**，今天就算了吧。」

第一代巴力則是這麼回應。

大概是有點好奇，第一代吉蒙里大人問道：

「話說澤克拉姆，你居然窩在巴力家現任宗主城堡的圖書室裡，這是怎麼了？」

「巴力家正在進行藏書的數位化。我在挑書。」

「啊——用平板電腦看書真的很方便呢。」

「這是順應時代潮流。紙本書固然很好，只是現在這樣的局勢，要是珍貴的書燒掉了就無可挽回。即使是擁有異能或意識的魔書，著了火還是會燒起來。至少把內容保存起來總是比較好。吉蒙里家也在進行數位化吧？」

面對這個問題，莉雅絲點頭稱是。

第一代巴力看向已經來到蕾維兒手上的藍色板子說道：

「或許用堅硬的石頭製成的東西，意外地比較容易流傳到後世。」

第一代吉蒙里大人突然從口袋裡拿出什麼東西，朝著第一代巴力扔了過去。第一代巴力順利接住。

仔細一看——是包在袋子裡的酥皮點心「親派」。

第一代吉蒙里大人說聲：

「那是謝禮。」

「是點心嗎？」

「——『親派』。這個很好吃喔。」

「唔，『親派』是吧。」

儘管第一代巴力與第一代吉蒙里大人的對話讓人摸不著頭緒，但是我們就此得到第一代利維坦的遺物藍色板子。

之後巴力家訂購了「親派」，不過這是後話。

第一代吉蒙里大人洋洋得意地說道：

「好——諸位隨吾返回訓練空間，嘗試一番吧！」

……在一連串過程當中玩得最開心的，肯定是這位大人吧。

如此心想的我們回到訓練空間。

回到訓練空間之後，在大家的守候下，英格薇爾德伸手觸碰第一代巴力借給我們的第一代利維坦的遺物板子。

她閉上眼睛，讓精神歸於平靜。意識集中在藍色板子上。

然而板子沒有反應——

「……不行。什麼都感覺不到。」

英格薇爾德如此說道。

於是第一代大人建議：

「那麼這樣做吧。想一下妳可能可以理解的語言……或是隻字片語、發音也好。任其在腦中蕩漾，不要當成文字或是話語，而是用感覺觸碰那塊板子。」

聽到第一代大人的建議，英格薇爾德再次觸碰藍色板子。

過了一會兒，英格薇爾德──口中輕輕發出某種聲音。

「…………──♪」

那是……歌聲。是她最擅長的歌唱。清透優美的歌聲在周圍繚繞。

並非透過能夠影響龍族的神器發出的歌聲，而是帶有魔力的歌聲。

第一代大人表示：

「原來如此，她正試圖以歌曲的形式理解利維坦陛下遺留的訊息。」

英格薇爾德全身上下裊裊冒出淡紫色的氣焰。藍色板子對此有了反應──開始發出紫色的光芒。

──！

遺物板子有反應了！而且板子上浮現惡魔文字與紋章！

「──────♪──────♪」

英格薇爾德繼續唱著沒聽過的歌。同時氣焰不斷提升並且逐漸膨脹，氣焰形成的水慢慢匯聚到英格薇爾德身邊。

大量的水對英格薇爾德的歌聲起了反應，以螺旋軌跡往空中竄升。

水勢不知止息，水屬性的氣焰不斷在空中匯聚，聚集成某種巨大又強大的形體。

我們觀望那幅光景。蕾維兒仰望上空說道：

「我最擔心的事之一，就是如果下一場比賽的領域是完全沒有水氣的地方，英格薇爾德小姐能將力量發揮到什麼地步。」

我和開口的蕾維兒一起——看著在不斷歌唱的英格薇爾德正上方逐漸成形的東西，心裡只有驚訝。

——中空飄著一條有著蛇一般的細長軀幹，以水魔力形成的龍。大小隨便都有超過一百公尺。

而且還在逐漸變大，甚至冒出新的水龍。

驚訝的蕾維兒表示：

「……如今展現出這種能力，我的煩惱也跟著煙消雲散了。」

我對蕾維兒說聲：

「現在還是一堆問題的我說這種話好像也不太對，但是我覺得意外性和爆發力是我們的特色之一，所以下一場比賽就讓英格薇爾德上場吧。」

站在身邊的蕾維兒笑著回答：

「好的，謹遵我的『國王』旨意。」

看著仍在持續成長的水龍，第一代大人「嗯——」伸個懶腰。

「好了——我這次的任務應該就此結束了吧——剩下的就靠你們自己努力吧，我的（吉蒙里）可愛孩子們。」

如此說道的第一代大人正準備離開——又像是想起了什麼似的對莉雅絲說道：

「啊，莉雅絲。改天到我那邊。這次的事讓我有了各式各樣的發現，所以我要幫妳進一步特訓。由始祖吉蒙里陪同，強化繼任宗主的吉蒙里的故事肯定是一段佳話。」

「——！……是的，請多多指教。第一代吉蒙里，露妮雅絲大人。」

莉雅絲活力十足地回應。

雖然第一代吉蒙里大人各個方面都很自由，但是從結果來說，我們也成功前進一步。

只是——

……落在吉蒙里家現任宗主頭上的誤會該怎麼辦解決？

「莉雅絲的妹妹還好嗎？」

「那個女孩怎麼了？我還想再見她一面。」

關於塞拉格和萊薩的誤會該怎麼解開，我只能抱頭苦惱。

後記

好久不見。我是石踏一榮。

又讓各位等了一年，真的很過意不去。如同上次所說的，我一直在治病和療養。但是身體狀況從去年夏天開始稍有好轉，所以才能以這次的新稿，以及在《DRAGON MAGAZINE》刊載短篇等形式重回寫作。

雖然仍在持續接受治療，不過我希望能以不至於導致身體狀況惡化的步調繼續創作新篇章。希望各位能夠繼續支持鼓勵。

好了，這次讓第一代吉蒙里——露妮雅絲．吉蒙里大人登場了。身為第一代巴力的澤克拉姆都活到現代，所以第一代吉蒙里還活著也無所謂吧？大概就是出自這樣的想法寫成的。也因為紅髮的吉蒙里女孩很少見，我試著設定成和莉雅絲不太一樣的個性。包括外表在內應該都是個好角色。能夠成為人氣角色的話我會很開心。

今後我想繼續讓第一代大人在短篇當中，或是長篇以客串角色的形式登場。

第一代吉蒙里大人沒有登場的六篇短篇，是動畫版「惡魔高校D×D」第一季的藍光及DVD附贈的特典小說。最早的動畫版播映正好是十年前的事，所以原稿本身也是十年前的東西，內容已經不太記得，這次看了覺得「原來我寫過這種故事啊……」而感慨萬千。

對於莉雅絲討厭駱駝這一點繼續延伸，這次的短篇應該是第一次……才對（因為已經是十年前的特典小說原稿，萬一記錯先說聲抱歉）。整體來說應該都是很少見的故事吧。這次能夠收錄真是太好了。

新稿算是《真D×D》第五集的前言。維娜·雷斯桑，也就是葛瑞菲雅離開之後，隊上的「皇后」該怎麼辦？大致上就是這樣的內容，聚焦在英格薇爾德的變化與成長，然後自由自在的第一代大人也參了一腳，就是這麼一個故事。

以下是答謝部分。みやま零老師、責編T大人，製作本書又給兩位添了很大的麻煩，真的非常抱歉。對於兩位的支援，我真的非常感謝。

下一本希望可以推出《SLASHDØG》的新刊第四集。然後希望再下一本可以推出《真D×D》第五集。

虛位王權 1~2 待續

作者：三雲岳斗　插畫：深遊

志在讓日本再次獨立的流亡政府背後，
另有新的龍之巫女與不死者的影子！

八尋拜訪了橫濱要塞，在那裡等著他的是「沼龍巫女」姬川丹奈，以及不死者湊久樹。彩葉則接到來自歐洲大企業基貝亞公司的合作提案。然而基貝亞公司是日本人流亡政府「日本獨立評議會」的贊助者，其目的在於將彩葉拱為日本再次獨立的象徵——

各 **NT$240~260/HK$80~87**

國家圖書館出版品預行編目資料

惡魔高校DxD. DX.7, 祖先大人是搗蛋鬼?/石踏一榮作 ; kazano譯. -- 初版. -- 臺北市 : 臺灣角川股份有限公司, 2023.03
面 ; 公分. -- (Kadokawa fantastic novels)
譯自 : ハイスクールD×D. DX.7, ご先祖さまはトリックスター!?
ISBN 978-626-352-354-8(平裝)

861.57 112000503

惡魔高校D×D DX.7
祖先大人是搗蛋鬼？

（原著名：ハイスクールD×D DX.7 ご先祖さまはトリックスター!?）

2023年3月20日　初版第1刷發行

作　者：石踏一榮
插　畫：みやま零
譯　者：kazano

發行人：岩崎剛人
總編輯：蔡佩芬
副主編：楊鎮遠
美術設計：黃永漢
印　務：李明修（主任）、張加恩（主任）、張凱棋

發行所：台灣角川股份有限公司
地　址：104台北市中山區松江路223號3樓
電　話：（02）2515-3000
傳　真：（02）2515-0033
網　址：www.kadokawa.com.tw
劃撥帳戶：台灣角川股份有限公司
劃撥帳號：19487412
法律顧問：有澤法律事務所
製　版：尚騰印刷事業有限公司
ISBN：978-626-352-354-8